스토리텔링과 생명 과학

스토리텔링과 생명과학

초판 1쇄 인쇄_ 2011년 6월 15일 | **초판 1쇄 발행_** 2011년 6월 17일
지은이_경상 SWH | **엮은이_**임홍수 | **펴낸이_**진성옥 · 오광수 | **펴낸곳_**꿈과희망
디자인 · 편집_김창숙, 박희진 | **마케팅_**김진용
주소_서울특별시 용산구 원효로 1가 112-4 디아뜨센트럴 217
전화_02)2681-2832 | **팩스_**02)943-0935 | **출판등록_**제1-3077호
http://www.dreamnhope.com| e-mail_ jinsungok@empal.com
ISBN_978-89-94648-09-5   43810 | **값** 13,000원
ⓒPrinted in Korea. | ※ 잘못된 책은 바꾸어 드립니다.

스토리텔링과
생명 과학

경상 SWH 지음 / 임홍수 엮음

꿈과 희망

지금은 '스토리텔링'의 시대!

일본 최대의 사과 생산지로 유명한 아오모리 현에서는 1991년 갑자기 불어닥친 태풍으로 인하여 큰 피해를 보았다. 그 당시 90% 이상의 사과가 제대로 익지 않은 채 그대로 떨어져 사과 농사를 짓고 있었던 대부분의 농부에게 엄청난 절망을 가져다주었다. 그런데 어느 한 농부의 눈에 들어온 것이 있었으니, 바로 그렇게 강한 태풍에도 떨어지지 않고 끝까지 달려 있었던 10%의 사과였다. 그는 이 떨어지지 않은 사과에 '합격(合格)'이라는 글자를 새기고 절대 대학에 떨어지지 않는다는 이야기를 입혀 팔기 시작했다. 제대로 익지도 않았고 가격 또한 다른 맛있는 사과에 비해 10배 이상 비쌌지만 그 합격 사과는 날개 돋힌 듯 팔려나갔다.

현재 아이폰과 아이패드로 유명한 애플사의 상징인 한 입 베어 물린 사과 모양 또한 사과에 또 다른 이야기를 입힌 경우이다. 컴퓨터의 원형을 개발한 천재 수학자 앨런 튜링은 동성애자라는 이유로 여성 호르몬을 투입하는 처벌을 받게 되자 이를 비관하여 청산가리가 든 사과를 베어 물고 죽었다는 이야기를 회사 로고에 입혀 1980년대 당시 애플컴퓨터는 큰 이익을 얻을 수 있었다.

이렇듯 지금 모든 기업들이 자신들이 내놓은 상품에 이야기를 입히기 위해서 고민하고 있다. 스토리텔링은 현재 사회가 요구하는 가장 창의적인 산출물이다.

이렇게 엄청난 힘을 가진 스토리텔링은 꼭 상품에만 적용되는 것이 아니다. 이야기는 유형으로 혹은 무형으로 존재하는 이 세상의 모든 가치 있는 것에 적용될 수 있다.

예를 들어 과학 지식을 전달하는 수업 시간에도 스토리텔링 기법은 적용될 수 있으며, 그 효과 또한 엄청나다. 과학 지식에 이야기를 입혀 설명하게 되면 학생들은 수업에 더욱 빠져들어 흥미는 배가 되고, 내용을 보다 쉽게 이해할 수 있어서 개념 원리의 학습이 쉬워진다. 그래서 난 매 수업 시간 학생들에게 이야기를 들려준다.

생식의 개념을 이해시키고 올바른 생명관을 가지게 하기 위하여 생식을 설명할 때에 다음의 이야기를 들려준다.

"전 우주를 막론하고 영원한 것은 없다. 기계는 쓰면 쓸수록 닳는다.

기계는 분명 쓰려고 만들었으며, 그래서 쓰다 보면 닳아서 못 쓰게 된다. 기계를 진공관 속에 넣고 그대로 보관한다면 닳지 않고 영원히 남아 있겠지만 기계는 그냥 눈으로 구경하기 위해서 만든 것이 아니라 사용하기 위한 목적으로 만들어졌으며, 그렇게 사용하다 보면 언젠가는 닳고 부식되어 사용할 수 없게 된다는 것이다.

생명체도 마찬가지이다. 물질로 이루어져 있는 이 생명의 몸체는 살면 살수록 늙는다. 생명체는 분명 살려고 만들어졌으며, 그래서 살다 보면 늙어서 더 이상 살지 못하게 된다. 사람을 냉동인간으로 만들어 그대로 보관한다면 그 사람은 영원히 그대로 존재할 수 있겠지만 생명체는 그 물질 그대로 존재하기 위해 만들어진 것이 아니라 살아 숨쉬기 위한 목적으로 만들어졌으며, 그렇게 생명을 유지하기 위해 물질대사를 하다가 보면 언젠가는 늙어서 더 이상 생명 활동을 할 수 없게 된다는 것이다. 현재까지 밝혀진 노화의 가설인 '텔로미어설'과 '활성산소설'이 생명체도 살면 살수록 늙는다는 것을 뒷받침해 주고 있다.

따라서 생명체는 반드시 수명이 있으며 언젠가는 반드시 죽게 된다. 이러한 대자연의 법칙은 절대 바뀌지 않는다.

생명체는 생명을 가지고 있어야 비로소 생명체가 되므로 생명체는 영원히 생명을 가져야만 진정한 생명체라 할 수 있다. 하지만 수명이 있다는 것은 필연적이므로 이 생명체가 영원히 생명을 유지할 수 있는 유일한 방법은 자신이 죽기 전에 자신과 닮은 개체를 생산하는 것이다. 이것이 바로 생식이다. 우리가 숨을 쉬지 않으면 10분 후에 죽는 것과 같이 우리가 생식을 하지 않으면 100년 뒤에 지구상에 인간이라는 생명체는 없다."

이 이야기는 학생들로 하여금 올바른 생식의 필요성을 인식하도록 하며 자신의 가족과 계보에 대하여 다시 고찰해 볼 수 있도록 한다.

신경 세포의 구조를 설명할 때에도 '신경세포는 신경세포체와 수상돌기, 축색돌기로 구성된다'고 설명하지 않는다. 설명은 주로 '옛날 옛적에……'로 시작된다.

"옛날에 신경이라는 세포가 살았는데 이 세포는 전달의 임무를 맡게 되었지. 그런데 자기 스스로 직접 움직이며 전달을 할 수가 없었어. 그래서 자신의 몸의 일부를 전달하고자 하는 쪽으로 길게 늘이게 되었지. 그것이 바로 축색돌기라 부르는 것이야……"

딱딱하면서도 단순할 것 같은 과학 지식에 개념과 원리 중심의 이야기가 입혀지면 그것은 더할 나위 없는 창의 · 인성 교육의 교수 · 학습 방법이 된다.

이야기에는 힘이 있다. 사람들은 이야기 속으로 빠져든다. 우리는 이 책을 통하여 고등학교 생명과학 지식에 이야기를 만들어 입힘으로써 학생들의 수업에 대한 흥미와 지식의 이해도를 높이고자 한다.

2010년 11월 따뜻한 오후
경상SWH 지도교사 임홍수

1

Storytelling and Life Sciences

생물의 특성—바이러스

감기! 약 먹으면 일주일 만에 낫고
먹지 않으면 칠일 뒤에 낫는다?

Q 감기! 약 먹으면 일주일 만에 낫고 먹지 않으면 칠일 뒤에 낫는다?

날이 추워지고 건조해지기 시작할 무렵, K고등학교에 다니고 있는 철희는 여느 때처럼 공부하고 있다.

"으으우에에에에~~취!!! 아, 감기 걸렸나. 며칠 전부터 머리도 좀 아프고……. 아무래도 내일 자습 시간에 담임선생님께 말씀드리고 병원이라도 가봐야겠다."

다음 날 아침, 철희는 담임선생님께 감기에 걸린 것 같다며 병원에 가봐야겠다고 말씀드렸고 담임선생님은 철희를 걱정해 주며 허락하셨다. 그 날 저녁, 병원에 도착한 철희는 진료를 시작한다.

"아~~~~~~"

"음……, 목은 약간 부었고, 콧물은 거의 없고, 열이 약간 있네. 그리고 기침과 재채기를 많이 한다지? 그럼 전형적인 감기네. 고등학생이지? 그럼 특별한 증상은 없으니까 오늘 하루는 푹 쉬거라. 찬 거는 되도록 피하고 말이야. 그럼 곧 나을 꺼다."

"저기……, 약은 안 먹어도 괜찮은 건가요?"

"그래. 감기는 말이야. 약을 먹으면 일주일 뒤에 낫고, 약을 먹지 않는다면 칠 일 후에 낫거든."

"네? 그게 무슨 말씀이시죠?"

"허허. 약을 먹어도 감기가 완전히 낫는 데에는 직접적인 효과가 없다는 뜻이야. 그냥 집에 가서 푹 쉬도록 해."

의사 선생님의 말씀에 고개를 갸우뚱했지만, 곧 그대로 집에 가서 쉬었다. 다음 날, 몸이 한결 좋아졌고 다시 일상생활을 하였다. 일주일이 지나고 나니 감기가 완전히 나았다.

며칠 후, 철희는 갑자기 추워진 날씨 탓에 다시 감기에 걸리고 만다. 이번엔 주말에 다시 병원을 찾았다. 또 같은 병원이었다.

"이런, 또 왔구나. 이번에도 감기인가 보구나."

"네. 콜록콜록!"

"증상은 저번에 왔을 때하고 거의 비슷하구나. 이번에도 집에 가서 쉬고 며칠 있으면 괜찮아질게다."

의사 선생님이 말씀하셨다.

"저기, 선생님. 이번엔 약을 처방해 주세요. 저번에 일주일이나 걸려서 공부하는 데 영향을 좀 받았거든요."

"흠……, 내가 저번에 말하지 않았니? 효과가 별로 없을 텐데……. 뭐 그럼 할 수 없지. 알겠다."

처방을 받고 철희는 집에서 약을 먹고 쉬었다. 다음 날 기분이 좋아졌고 다시 일상 생활을 하였다. 이번에도 일주일이 지났다. 감기도 그때서야 비로소 나았다. 문득 철희는 의사 선생님의 말씀이 떠올랐다.

'감기는 말이야. 약을 먹으면 일주일 뒤에 낫고, 약을 먹지 않는다면 칠 일 후에 낫거든.'

"아! 그게 사실이구나!"

바이러스 이야기

"어이~!!"

"……?? 나?"

"그래! 너 말이야. 넌 이름이 뭐야?"

"내 이름은 감기-1234호. 이전 숙주에게서 1234번째로 태어났지. 그러는 너는 이름이 뭔데?"

"1234호라. 나랑 별로 차이가 없네. 난 감기-1299호야. 나는 1299번째로 태어났지."

"그래? 근데 뜬금없이 이름은 왜 묻고 그래? 어차피 너나 나나 똑같이 생겨서 기억하기도 어려운데 말이야. 얼마 살지 못할지도 모르고 다른 생물에게 옮더라도 같이 옮겨질지도 의문이고 말이야."

"글쎄다. 그래도 심심하잖아. 뭐 잠깐의 여흥이랄까……? 큭 그렇지 뭐."

날씨가 조금씩 쌀쌀해지기 시작하는 어느 날, 어떤 귀여운 꼬마 아이가 엘리베이터에 탔습니다. 거기서 기침을 했는데, 그만 그 아이의 침에 많은 바이러스가 섞여 있었고, 그 침이 엘리베이터 곳곳에 묻어 있네요. 감기-1234호와 감기-1299호는 그 많은 바이러스 중 손잡이에 묻은 일부의 바이러스 무리에 속해 있습니다. 거기서 이 바이러스들은 잡담을 하면서 다음 감기 환자가 될 사람을 기다리며 기대하고 있네요. 운이 좋게도 좁은 공간이라 아마 가능성이 높은 것 같은데, 과연 어떻게 될까요?

"띠이잉"

"야야, 1299호. 저 사람 봐라. 왠지 우리를 만질 것 같지 않냐?"

1234호가 엘리베이터 문이 열리자 능글맞게 웃으면서 이야기하네요.

"그래? 흐흐……, 기다려보자. 제발 만져라. 만져라. 제발 만져라!"

"에이, 제법 맹하게 생겼는데 영 안 만지네. 지쳐 보이는데 손잡이 좀 잡고 쉬면 안 되냐?"

"큭, 야. 우리도 곧 있으면 말라 죽겠는데? 큰일나겠는 걸?"

"띠이잉"

"야야, 있어 봐. 저기 또 온다."

"어라? 반대쪽 손잡이에 손을 올리는데? 그럼, 다음은 우리?"

1234호와 1299호는 새로운 삶의 터전으로 삼을 사람을 계속해서 기다렸습니다. 여러 사람이 지나갔지만 아무도 이들을 데려가지는 못했어요. 그런데 이번에는 제대로 걸려든 것 같네요.

"흐흐, 이번 숙주는 학생인 것 같은데? 그리 어려 보이지는 않는 게 아마 고등학생인 것 같은데?"

1299호는 제법 들뜬 게 많이 기대되나 봅니다.

"뭐 아무렴 어때. 우린 드디어 새 주인……이 아니라 숙주를 만났는 걸!"

"아직 안심하긴 일러. 이제 겨우 손에 도달했을 뿐이잖아? 우린 이 학생이 입이든 코든 만져줘서 몸 속으로 들어가야 한다고!"

1299호는 아직도 걱정이 남아 있는 것 같네요.

"걱정 마. 우리가 죽어 떨어져 나가기 전에 애는 한 번 정도는 코나 입을 만지게 돼 있어. 게다가 애는 이제 금방 나가는 거 같은 걸? 당분간은 손을 씻을 일이 없을 것 같은데?"

1234호는 호언장담하는 중이네요. 과연 자기가 원하는 대로 될지 궁금합니다.

"하아아아~~~~~움~."
"거봐. 금방 만진다고 했지? 이제 들어가는 거다. 단단히 각오해. 꼭 같이 살아남아 보자고!"

어라? 의외로 1234호의 확신대로 일찍 몸 속으로 들어갈 수 있겠는 걸요? 간지러워서 입이나 코를 만져서 들어가게 된 것도 아니고 하품 때문에 들어갈 줄은 몰랐지만요.

"오~, 오랜만에 보는 몸 속인 걸. 너무 빨리 지나가는데? 빨리 어디든지 도달했으면 좋겠는데……."
"으음…… 글쎄, 일단 들어왔으니 반드시 적당한 세포에 들러붙을 수 있겠지. 그러면 바로 우리 세상이야!!"

1234호가 기뻐서 환호하고 있습니다.

"앗! 드디어 세포에 도착할 수 있겠다!"

"오오, 생각보단 빠르지만 바로 접촉할 수 있겠군. 의외야. 우린 운이 좋은가 본데? 흐흐."

"척!"

드디어 1234호와 1299호가 세포의 위에 착지했어요. 과연 이 둘의 바이러스는 앞으로 무슨 일을 할까요?

"나는 일단 이 세포를 이용해야겠어. 너랑 나랑은 바로 옆의 세포에 붙게 됐는데?"

"야야, 바로 옆이라고 해봤자 진짜 멀어. 목이 다 아프다."

"하긴 볼 때마다 느끼는 거지만 세포 이 녀석들은 정말 무지막지하게 크긴 해."

"큭, 좀 무섭게 크긴 해도 결국 그 덕분에 우린 손쉽게 이 녀석들 속으로 들어갈 수 있잖아? 들어가도 아무도 모르고 말이야, 흐흐."

"그럼 나 먼저 들어간다? 건투를 빈다, 1299호 친구!"

"어이쿠, 알겠어. 그럼 나도 이만 가볼까? 흐흐, 기대되는데."

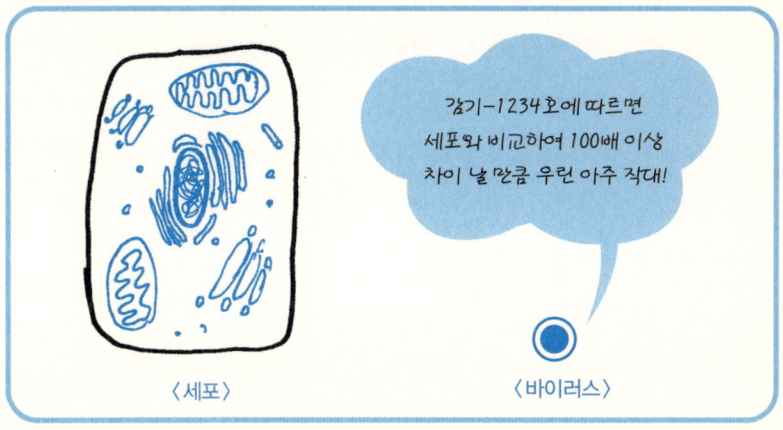

감기-1234호에 따르면 세포와 비교하여 100배 이상 차이 날 만큼 우린 아주 작대!

〈세포〉　　　　　〈바이러스〉

세포와 바이러스

어라? 바이러스가 금방 세포 속으로 들어가게 됐어요. 마치 흡수당하는 것처럼 아주 빨리요. 이들은 앞으로 무엇을 할까요?

"호오, 이 감각은 오랜만이군. 하긴 사람의 세포가 다 거기서 거기지. 자, 그럼 내가 해야 할 일들이 뭐가 있더라……?"

1234호가 세포에 침입했어요. 이제부터 무엇인가 하려고 하는데 과연 무엇을 할까요?

"좋아. 일단은 내가 가지고 있는 유일한 재산인 유전물질부터 이 안으로 넣어야겠다. 내가 이 적은 양의 **RNA**와 **DNA**를 보존하기 위해서 얼마나 고생했는데 겨우 이 단백질 껍질만 가지고 말이야. 흥. 일단 이 녀석들이 지금 하고 있는 이것을 호흡이라고 하나? 그것부터 교란시켜야지. 으~웃차."

바이러스는 DNA 혹은 RNA의 짧은 단편과 그것을 둘러싸고 있는 단백질 껍질로만 이루어져 있다. 인플루엔자 바이러스는 표면에 헤마글루티닌(H)과 뉴라미다제(N)라는 두 가지 단백질로 둘러싸여져 있으며, 헤마글루티닌(H)은 H1~H16까지 16종류가 있고, 뉴라미다제(N)은 N1~N9까지 9종류가 있어서, 이 두 가지 단백질의 조합에 따라 여러 종류로 나뉘어진다. 따라서 (H)16종과 (N)9종이 서로 조합하여 나타낼 수 있는 독감바이러스의 총 가지 수는 모두 144(16×9)종류이다.

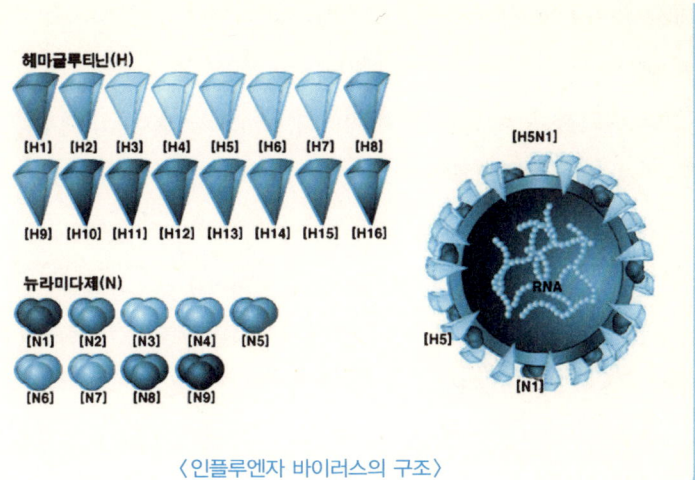

〈인플루엔자 바이러스의 구조〉

1234호가 드디어 활동을 시작하는 것 같네요. 우리 세포가 주로 하는 세포 호흡부터 못하게 하려고 하는데요? 그 후에는 도대체 무엇을 하려 할지 걱정입니다.

"좋아. 이제 너는 나와 똑같이 생긴 나의 자식들을 만들기 위해 조립할 부품을 만들 것이다. 당장 만들어!"
"네, 알겠습니다."

저런, 안 돼! 우리 세포가 아무래도 바이러스에게 조종당하고 있는 것 같아요.

"흐흐. 아주 잘 돼 가는데? 좋아 계속 많이많이 찍어내라고! 그리고 이 제 부품이 많아졌으니 조립을 시작해! 나를 끝없이 찍어대라! 하하하하!

벌써 이만큼이나……. 좋아. 나의 자식들인 제군들!"

"예!!"

"내가 너희들의 아버지요 어머니다. 이제 너희들은 이 세포를 벗어나 온 몸의 세포에 각각 침투하여 우리의 자손을 널리 퍼트리도록 하라!!"

"예!!"

아니 자신과 똑같은 바이러스를 복제하기 시작하던 1234호가 이미 대량으로 증식했어요. 이런 속도라면 이제 다른 수많은 세포들이 바이러스에게 공격받을지도 모르겠어요. 앞으로 도대체 어떻게 될지 걱정이네요.

그렇게 며칠이 지나면서 수많은 세포들에 바이러스가 들끓었습니다. 사람의 몸도 그 사실을 알아챘는지 몸이 아프기 시작하였어요.

"푸엣취이!!! 아, 감기 들었나보다. 열도 좀 나는 것 같기도 하고, 콧물도 찔끔찔끔 나고……, 귀찮게 됐네."

저런, 사람의 몸 속에 감기-1234호가 침입하여 번성함으로써 결국 사람이 감기에 걸리게 되고 말았습니다. 이제 어떻게 될까요? 계속 감기에 걸려 아파야 하는 것일까요? 다시 몸 속을 들여다보기로 해요.

이제는 1234호도 제법 늙고 근엄한 모습을 보이고 있습니다. 잠깐, 지금 1234호와 그의 복제품이 무슨 이야기를 하고 있어요. 한번 들어볼까요?

"아버지, 저는 어제 이 사람의 몸 속을 떠돌아다니던 어떤 물질이 세균을 죽이는 걸 목격했습니다. 너무 놀란 저는 그 물질과 비슷한 것들을 미행했는데, 그들은 아무래도 세균 같은 이 사람의 몸에 해로운 걸로 보이는 것은 모두 죽이는 것 같았습니다. 비록 저희들이 지금 이렇게 번영하고 강대하기는 하지만 우리도 언젠가 그들로부터 살해당하지 않겠습니까? 저는 두렵습니다."

"오, 그런 끔찍한 현장을 목격하였느냐, 아들아. 걱정할 것 없다. 그들은 우리를 해칠 수 없다. 우리에게 적은 없단다. 아들아, 우린 무적이야!"

"아니, 어찌 그렇게 확신하실 수 있습니까, 아버지?"

"그래. 너는 아직 어려서 잘 모르나 보구나. 잘 듣거라. 우리 바이러스들은 말이다. 너도 알다시피 한 목표물의 세포에 침입하여 똑같이 생긴 자식들을 조립함으로써 종족을 이어가는 존재란다. 이 과정에서 세포의 대사과정에 끼어들어 그들을 조종하지. 하지만 네가 보았다던 세균을 죽이던 물질은 항생제라는 물질인데, 그 물질이 세균을 죽이는 방법은 오직 한 가지란다. 그 방법은 세균이 하는 대사과정을 차단하여 죽이는 것이란다. 하지만 우리는 세포의 대사과정을 이용하기 때문에 항생제는 우리를 죽일 수 없단다. 우리를 죽이려고 들다가는 세포도 다치거나 심지어 죽을 수도 있어서 우리를 함부로 건드리지 못하는 게야, 아들아."

"아 그렇군요! 어쩐지 그 물질 저와 분명히 눈을 마주쳤다고 생각했는데, 이상하게도 저를 그냥 무시해버렸습니다. 그건 저를 죽이려 들다가 세포를 다치게 할지도 모르기 때문이군요!"

"오, 그렇단다. 이해가 참 빠르구나."

1234호가 아주 친절히 복제품에게 왜 사람이 먹은 항생제로는 자신들을 제거할 수 없는지 설명해 주네요. 그런데 이때,

"삐이이이익!! 삐이이이익!! 적이다!! 무엇인가 우리들을 공격하고 있

다!!!!!"

"아니?? 아버지, 항생제는 저희들을 공격할 수 없는 거 아닌가요?"

"항생제는 물론 우릴 공격할 수 없어. 다른 것이겠지. 그래…… 이제 때가 된 것 같구나."

"네? 때라니요?"

"실은 이 인간에게도 우리에게 대항할 방법이 아주 없는 것은 아니란다. 이 인간들은 우리를 막을 나름대로의 시스템과 조직을 가지고 있지. 면역이라고 하는 것인데, 이 시스템이 우리를 감지하고 작동하여 우리를 막는단다."

"그럼, 우리는 다 죽는다는 말씀인가요? 저는 너무 두렵습니다, 아버지."

"아니, 꼭 그런 것도 아니란다. 이제 단지 전쟁이 시작됐을 뿐이란다. 우리는 이제 싸워서 이겨야지. 이 사람의 몸을 완전히 우리 영역으로 만들기 위해서 말이다. 우리의 자손들과 우리의 종족이 영원히 보존하도록 말이야!"

"네, 그렇군요. 싸우겠습니다."

"나의 모든 자손들을 소집하도록 해라!"

"네, 아버지."

바이러스를 모두 소집한 1234호. 무언가 할 말이 있나 봅니다.

"모두 모였느냐?"

"예!!"

"사람의 면역 시스템이 가동되고 우리에게 대항할 군대들이 곳곳에서 일시에 우리를 공격하고 있다. 적은 우리처럼 끊임없이 조립되어지고 그

속도도 점점 더 빨라지고 있다. 전황은 모든 면에서 압도적으로 불리하다. 하지만 우리는 아직 죽지 않았다. 우리 역시 우리의 자손을 퍼뜨리기 위해서! 우리의 종족을 유지하기 위해서! 우리의 번영을 위해서! 끊임없이 자식들을 만들어내고 싸우고 이길 것이다. 아직 끝나지 않았다! 도망치지 말고 면역에 맞서 싸워라. 살고자 도망치는 이는 죽고, 죽고자 싸우는 자 살지어다. 모두 용맹하게 싸워 사람을 점령하라!!"

"와아!!!!!!!!!!!!"

"돌격!!!!!!"

"와아!!!!!!!!!"

─며칠 후─

"으윽, 이렇게 패배하고 말다니……, 원통하다. 방심하지 마라. 우린 아직 멸하지 않았다……. 언젠가……, 다시 너희들을 죽이고 사람을…… 점령하기 위해…… 다시 올…… 것이다……. 기대해라……."

풀썩……!

"히히. 역시 감기는 일주일쯤 지나니까 깨끗이 낫는구나~!"

이 사람은 감기에 걸렸었지만 이제는 모든 것이 정상적으로 돌아왔어요. 결국 체내에 있던 바이러스들의 활동이 끝났다는 것이죠. 즉, 면역 시스템이 바이러스들을 이기고 사람을 지켜낸 것이지요. 우연한 경로를 통해 사람의 몸으로 침입한 이 감기 바이러스는 잠시 크게 번성했지만, 약 일주일 정도 후에 모두 정리되었죠. 앞으로도 이러한 바이러스를 사람이 잘 막아낼 것이고, 또한 그러기를 바라요.

이야기 속 학습 내용			
학년	고등학교 2학년	과목	생명과학
단원	생물의 특성	주제	바이러스

1 바이러스의 발견

바이러스는 담배모자이크병에 걸린 담배 잎 즙을 세균 여과기에 걸렀음에도, 그 즙에 의하여 건강한 담배가 담배모자이크병에 걸린다는 사실을 통해 발견되었다. 그 이후로 현대 과학 장비를 통해서 여러 가지 바이러스가 발견되었다.

2 바이러스의 특성

바이러스는 세균보다 크기가 작은 $0.02 \sim 0.2 \mu m$ 정도이다. 간단한 유전물질이 단백질 껍질에 싸인 구조로서 세포 구조가 아니며, 스스로 효소를 만들 수 없기 때문에 물질대사를 하지 못한다.

하지만 살아 있는 생물체에 기생할 때에는 숙주 세포를 이용하여 물질대사, 증식, 유전, 진화를 할 수 있다.

3 바이러스의 종류

가. 에이즈바이러스

후천성 면역 결핍증(AIDS)을 일으키는 바이러스

나. 인플루엔자

독감을 일으키는 바이러스

다. 담배모자이크

담배, 고추, 토마토 등에 감염하여 식물 잎에 모자이크 증세를 일으키는 바이러스

라. 소아마비

신경계에 들어가 소아마비를 일으키는 바이러스

바. 박테리오파지

박테리아(세균)에 작용하는 바이러스

생물의 특성-진화

생물은 생물로부터 발생한다. 그렇다면
최초의 생물은 어떻게 생겨났을까?

 이 원 호

생물은 생물로부터 발생한다. 그렇다면 최초의 생물은 어떻게 생겨났을까?

어느 평화로운 날, 가을의 향기를 맡으며 낙엽이 떨어진 길을 가고 있던 삼식이에게 한 사람이 접근한다.

"안녕하세요. 교회 다니세요?"

"교회요? 전, 무교예요."

"교회 다니세요. 하나님을 믿으면 천국 갈 수 있어요."

"오, 정말요?"

"네. 하나님은 전지전능한 분이라서 그 분의 어린 양들을 천국에 갈 수 있게 보살펴 주세요."

"와, 우리가 하나님의 애완동물 정도 되나 보네요?"

"저희들은 모두 하나님께서 만드신 창조물이에요. 하나님은 그 분의 모든 피조물을 사랑하시죠."

"흠. 전 어릴 때부터 우리가 원숭이에서 진화했다고 들었는데."

"그런 말은 믿지 마세요."

가방에서 책을 꺼낸다. 성경이다.

"여기 보세요. 창세기 1장 1절. 태초에 하나님이 천지를 창조하시니라."

"잠깐만요."

가방에서 책을 꺼낸다. 생물책이다.

"여기 보세요. 제6장. 생명의 진화. 생물은 세대를 거듭한 진화를 거쳐 오늘날의 모습을 띠게 되었다."

"학생은 지금 잘못 알고 있는 거예요. 하나님이 생물을 창조하지 않았다면 생명체는 어디서 나왔나요? 진화론은 생물이 세대를 거듭해서 간단한 구조에서 복잡한 구조로 진화하고 생물이 돌연변이 과정을 거치면서 여러 종으로 갈라졌다고 하는데, 아무런 목적 없이 저절로 간단한 구조에서 복잡한 구조로 될 가능성은 거의 희박하며 시간이 아무리 많이 지나더라도 그 희박한 확률은 변함이 없어요. 여러 진화론자들이 다양한 주장을 했지만, 생물의 기원이나 종의 분화를 충분히 증명하지는 못하고 있죠."

"아……. 그렇긴 하죠. 진화론이 생물의 기원을 설명하는데 어려움이 있다는 건 알아요. 그래도 진화론은 생물의 분화나 진화에 대해서 여러 가지 증거를 가지고 있죠. 예를 들어 흔적 기관이라는 것이 있죠. 과거에는 유용하게 쓰였지만 다른 환경 조건에 적응하여 진화하는 도중 퇴화되어 현재에는 사용하지 않고 흔적만 남아 있는 것이죠. 사람의 맹장이나 꼬리뼈, 타조와 닭의 날개 등을 예로 들 수 있죠."

"흔적 기관의 예를 드셨네요. 진화론자인 헤켈은 인체에 약 180개의 흔적 기관이 있다고 주장했죠. 그러나 현재는 모든 기관마다 고유의 기능이 있다는 것이 밝혀졌어요. 꼬리뼈는 골반과 아래 뒷근육을 연결하는 기능을 가지고 있어서 앉는데 도움을 주죠. 또한 맹장은 편도선처럼 면역에 중요한 역할을 하죠. 특히 태아에게 항체를 제공하고 병원균의 침입을 막는 것이죠. 그리고 닭이나 타조의 날개를 예로 드셨는데, 그건 진화라기보다는 퇴화라고 해야 될 것 같네요.

진화론에서 주장하는 것은 공통된 조상에서 생물이 끊임없이 '변하면서' 다양한 동물로 발전하게 되었다는 것이죠. 간단한 예를 들어서 박쥐의 조상이 쥐라고 한다면, 쥐의 앞발이 몇 세대에 걸쳐서 점점 날기에 적합하게 변해 가야 되죠. 그렇다면 필연적으로 쥐와 박쥐의 중간 단계의 화석이 존재해야 하는데, 그런 화석은 아직 발굴된 적이 없죠.

인간이나 생물의 기원은 하느님이라는 신의 존재가 없다면 증명될 수가 없어요. 하느님은 무에서 유를 창조하셨고, 혼돈에서의 질서를 출현시켰죠. 또한 구약성서 창세기에 보면 하느님께서 대홍수로 타락한 세상을 심판할 때 노아는 하느님의 계시를 받고 거대한 방주를 만들어서 여러 생물들을 한 쌍씩 데리고 살아남죠. 그 증거로는 미국 애리조나 주 북부에 있는 그랜드 캐니언을 보면 알 수 있죠. 세계를 뒤덮은 대홍수가 아니면 그 정도 규모의 협곡은 만들어지기 어려워요. 그리고……."

"아 네, 네. 알겠어요. 신이 창조했어요. 교회 다닐게요."

"잘 생각했어요. (전단지를 하나 준다) 또 하나의 주님의 양이 구원을 받는군요. 잘 가요, 학생."

길거리에서 만난 사람에게 참패를 당하다니, 삼식이는 슬펐다. 이때까지는 자신이 이 분야에 대해서는 잘 알고 있다고 생각했는데, 길거리에서 말로 지고 설득까지 당하고……. 갑자기 생물 공부를 하고 싶은 것은 왜일까. 진화론에 대해 열심히 공부해서 다음에 다시 만난다면 저 사람을 이기겠다는 삼식이는 빨리 집에 가서 다시 생물책이나 봐야겠다고 생각했다.

어느 외계인 이야기

"흐아아아암. 진짜 수업도 재미없고 지겹고 심심해서 돌아버리겠네."

여기는 S모 고등학교 2학년 1반 교실. 지금은 물리 수업이 한창 진행되고 있지만 수업에 집중하고 있는 학생의 수를 손가락으로 센다면 한 손 이상 필요할 것 같진 않았다. 다른 학생들은 크게 세 그룹으로 나눌 수 있었는데, 숙면을 취하는 그룹과 망상에 잠긴 그룹, 그리고 바깥 경치를 감상하는 그룹이 있었다. 세 번째 그룹에 속해 있는 12반의 물리 천재 유진이는 수업 내용을 이미 마스터한 후라 수업을 듣지 않고 바깥 경치를 감상했다. 그러나 그것도 금방 지루해진 유진이는 선생님 몰래 안경에 고급 망원렌즈를 끼워서 먼 우주의 경치를 감상했다. 이웃한 은하계를 관찰하던 중 그는 다른 별과는 달리 유난히 푸른 별을 보게 되었다. 그를 더욱 놀라게 하는 것은 그곳에 수많은 생물들이 살고 있었다는 것이다. 정신없이 그 별을 구경하던 도중, 갑자기 분필 하나가 빠른 속도로 날아와서 유진이의 관자놀이를 정확히 가격한다. 따악~.

"야! 너 뭐해! 나와!"
'아, 망했다.'

수업 시간에 딴 짓 하면 선생님께 혼난다는 진리를 학생들에게 일깨워준 유진이는 팔꿈치로 머리를 두 번 맞고는 고통스러워한다.

학교를 마치고 집으로 돌아온 유진이. 밤이 늦었지만 그는 집 안에 있는 천체망원경으로 수업 시간에 봤던 행성을 다시 관찰한다. 자신들과 비슷한 고등 생명체 이외에도 그 별에는 수많은 생물들이 조화롭게 살아가고 있었다. 정신없이 관찰하던 그에게 아버지가 다가온다.

"아들아, 이런 늦은 밤에 뭐하니?"

"아버지, 제가 아주 엄청난 것을 발견한 것 같아요. 이웃한 은하에 있는 파란색 행성인데, 우리랑 같은 지성을 가진 생명체들도 있고, 아주 많은 생물들도 사는데……."

"Earth를 말하는 것이구나. 나도 그 행성은 예전에 조사해 본 적이 있단다."

"정말요? 그런데 저 좁은 행성에 어떻게 저런 많은 종류의 생명체가 생겨난 거예요?"

"그게 말이다. 나도 잘 모르겠다. 예전에 내 친구 하나가 저 행성에 대해서 알려준 적이 있지. 걔는 자기가 직접 그 행성의 생물체를 창조해 냈다고 말하더구나. 그 행성의 사람들 중에도 누군가가 자신들을 만들어 냈다고 믿는 사람들도 있고 말이야. 그런데 내가 잠깐 조사해 보니까 그게 아닌 것 같단 말이야. 난 저 행성에서 생물들이 자연적으로 만들어져서 진화해 나갔다는 증거를 몇 가지 찾았지."

"그 증거들은 뭔데요?"

"이 녀석. 그런 것쯤은 너 혼자서도 충분히 알 수 있잖아. 네가 직접 가서 찾아보려무나. 난 잠이나 자러 간다."

'아이, 그냥 좀 알려주면 어때서. 어차피 내일부터 연휴라서 학교도 쉬는데 여행 좀 다녀와 볼까.'

* * *

여기는 지구. 대한민국. 대구. K모 고등학교

교내 심화 영재반 일원이라 11시까지 심화 자율학습을 한 삼식이는 늦은 밤에 혼자서 집까지 걸어간다. 그는 교내에서 전교 1등을 놓치지 않을 정도로 공부를 잘 했으며, 여러 방면에 해박한 지식을 가지고 있고, 행동은 타의 모범이 될 정도로 모범생이라는 단어를 생각나게 하는 학생이었다. 삼식이는 집에 가는 도중 가까운 강변에 하늘에서 뭔가가 떨어지는 것을 보았다. 호기심이 생긴 삼식이는 무엇인지 보기 위해 가까이 가본다.

가까이 가 보니 유성 같은 것이 떨어진 흔적은 없었고 다만 사람 한 명이 있었을 뿐이었다. 실망한 삼식이가 그냥 지나치려는데,

"Hello? Excuse me. Where am I? What is this place called?"

'음? 외국인인가?'

학교 시험이나 모의고사에서는 영어라면 항상 1등급을 따는 삼식이었지만, 불행하게도 한국의 공교육 영어 교육과정에 영어 회화에 대한 심도 있는 공부는 없었다. 당황한 삼식이가 할 말을 생각하고 있는데 다시 그 사람이,

"Ni−hao? zhe shi na li?"

'뭐야. 이번엔 중국어냐?'

삼식이는 중국어를 할 줄 모르는지라 어버버버 하고 있는데, 상대는

이번에도 못 알아듣는다고 생각했는지,

"ここは どこですか?"
'젠장! 일본어!!'

계속해서 모르는 언어만 나오자 삼식이는 짜증이 나기 시작했다. 그 이후에도 이상한 사람은 계속해서 지구상에 존재하는 것 같은 언어를 내뱉기 시작하더니, 나중에는 무슨 아프리카 원주민들이 사용하는 것 같은 발가락 빠는 소리까지 내면서 발광을 떨기 시작했다.

'그런데 이 자식……'
"한국어는 모르냐?"

그 사람은 잠시 충격에 빠진 듯 했다.

"아 참, 한국어를 까먹었었네, 헤헤."
"넌 뭐하는 아이길래 수십 가지 언어를 알고 있는 거니?"
"여기가 한국이야?"
"한국은 맞다만 너 어디서 온 생물이니? 행동 하는 거 보니 정상인은 아닌 것 같은데?"
"제대로 찾아왔네. 난 또 이상한 곳에 온 줄 알고 놀랐는데. 난 유진이라고 해. 만나서 반갑다, 지구인아."
"난 삼식이라고 하는데……. 근데 지구인이라고? 넌 무슨 외계인이라도 되냐?"
"나 지구인 아냐. 어디서 왔냐고 묻는다면 지구에서 117광년 떨어진

먼 곳에서 왔지."

"뭐 하러 왔는데?"

"그냥. 지구에 생명체들이 어떻게 탄생했는지가 궁금해서"

"아……. 그러니까 넌 117광년 떨어진 별에서 온 우주인인데, 지구의 생명체에 관심이 있어서 왔단 말이네?"

"그래."

"음……. 정신병원은 저쪽으로 쭉 가다 보면 큰길이 나오는데 왼쪽으로 돌아서 조금만 가면 나온단다. 정신병자들은 자신이 병에 걸린 것을 모르니까 너 자신이 정상이라고 생각해도 한번쯤 가보는 게 좋을 거야. 아, 그런데 병원에서 외계인 불법체류자라고 하면 받아주려나? 어쨌든 잘 가."

삼식이는 이상한 소리를 하는 녀석을 신경 쓰지 않고 그냥 집으로 왔다.

***

다음날 아침. 쉬는 토요일.

삼식이는 아침 일찍 일어나 도서관에 갔다. 공부도 하고 책도 읽을 겸해서 도서관에 갔는데 가자마자 기분을 잡쳐버렸다. 도서실에는 어제 본 그 자칭 외계인이라는 정신병 의심환자가 앉아서 책을 읽고 있었기 때문이다. 모른 척하려고 했는데 갑자기 호기심이 생겼다. 옆에 책을 잔뜩 쌓아서 보고 있는데 뭘까?

'진화하는 진화론, 지상 최대의 거짓말, 만들어진 신, 창조 설계의 비

밀, 창조과학 콘서트 등등……. 애는 뭐 지구에 책 읽으러 왔나?'

그때 삼식이를 발견한 그 녀석이 아는 체하며 인사를 했다.

"안녕? 어젯밤의 충고는 고마웠어. 그런데 나 안 미쳤어."

"그래그래, 미안하다. 근데 여기서 뭐 하고 있니? 너 지구에 책 읽으러 왔어?"

"아니 그냥……. 좀 궁금한 것을 알아보려고."

"뭔데?"

"너희 인류와 생물체가 어떻게 만들어졌는지 궁금해서."

"흠, 그런 것쯤이야."

"잘 알고 있어?"

"꽤 많이 알고 있지. 내가 하나하나 설명해 줄게.

일단 진화론의 발달 과정부터 설명해야겠네. 처음으로 생물 진화에 대해 체계적으로 설명한 사람은 라마르크였어. 그는 후천적으로 얻은 형질이 유전을 통해서 다음 세대로 전달됨으로써 진화가 일어난다고 설명했지. 예를 들자면 원래 기린의 목이 짧았는데, 높은 가지의 잎을 따 먹으려고 점점 목을 늘리고, 이것이 다음 세대로 유전되어서 세대가 거듭될수록 목이 길어졌다는 것이지. 하지만 이 가설은 후천적으로 획득된 형질이 유전되지 않는다는 사실이 밝혀짐으로써 받아들여지진 않았지. 태국의 카렌족의 경우 태어난 딸의 목에 링을 끼워 목을 길게 만들지만 후천적으로 목이 길어진 그녀의 딸이 목이 긴 채로 태어나는 것은 아니잖아?

그 다음으로 다윈은 진화의 과정을 과잉 생산 후 생존 경쟁, 적자생존과 자연 선택으로 설명했어. 생물이 많은 수의 자손을 낳으면 그 중에 형태나 습성, 기능에서 조금씩 다른 개체 변이가 있고, 이 많은 개체들이 먹이나 서식지 경쟁을 하면서 환경에 가장 잘 적응된 유리한 형질을 가진 개체만이 살아남고, 나머지는 도태된다는 설이야. 다윈은 기린의 목이 긴 이유가 원래는 짧은 목과 긴 목을 가진 기린들이 공존했는데 짧은 목을 가진 기린은 먹을 수 있는 잎이 적어서 생존 경쟁에서 도태되고 사라졌다는 것이지. 그 후에 드브리스의 돌연변이설이나 로마네스, 바그너의 격리설 등이 있는데, 이것이 1940년대에 현대 종합설로 합쳐졌지. 현대 종합 설에서는 진화의 원리로는 돌연 변이, 교잡, 격리, 자연 선택 등등 여러 가지가 있다고 주장하지.

그럼 이제 진화의 증거들을 하나씩 설명해 줄게. 먼저 생명의 기원에 대해서. 1800년대까지 사람들은 생물이 무생물로부터 만들어진다고 생각했지. 예를 들어 더럽고 습한 환경에 썩은 음식을 놔두면 구더기가 생겨난다는 주장들이 있었지. 그런데 그 주장은 1862년에 파스퇴르가 틀렸다는 것을 증명했지. 그는 S자관 플라스크 실험을 통해서 그것을 밝혀냈는데……."

"잠깐만, 백문이 불여일견이랬는데 직접 보면서 가르쳐 줘."

"응? 보긴 뭘 보면서 해?"

유진이는 대답 대신 손가락을 튕겼다. 그러자 주위 환경이 뒤틀리더니 18세기 유럽의 과학자처럼 보이는 사람들이 많이 모인 연구소로 바뀌었다.

"이거 참……. 아무리 외계인이라지만 너무한 것 아냐? 별걸 다 할 줄 아는구먼."

"아, 저기 저 사람이 네가 말한 파스퇴르인 것 같은데?"

파스퇴르인 듯한 사람이 말했다.

"자자, 여기 보십시오. 기존의 학설인 자연 발생설이 틀렸다는 증거입니다. 여기 플라스크에 유기물 용액을 넣고 목을 S자 형으로 가늘게 뽑았습니다. 그 후에 유기물 용액을 끓인 후에 공기 중에 방치하였습니다. 그 후로 며칠 동안 제가 관찰했지만 안에서 미생물이 발생하지는 않았습니다. 그러나 제가 목 부분을 잘라서 방치한 뒤로는 유기물 용액에 미생물이 발견되었습니다."

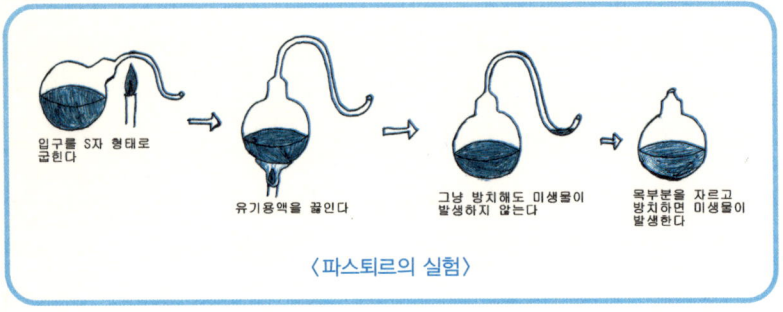

입구를 S자 형태로 굽힌다

유기용액을 끓인다

그냥 방치해도 미생물이 발생하지 않는다

목부분을 자르고 방치하면 미생물이 발생한다

〈파스퇴르의 실험〉

"저게 어쨌다는 거야?"

"일단 이전에 이탈리아의 과학자 스팔란차니는 1765년에 플라스크에 유기물 용액을 넣고 공기에 멸균 처리를 한 후에 입구를 밀폐했었지. 그 결과 미생물이 생기지는 않았지만 입구를 개봉하고 난 후에는 미생물이 생겨났어. 그러나 어떤 과학자들은 가열된 공기가 생명력을 잃어서 미생물이 발생되지 않았다고 주장했지. 그 문제를 해결하기 위해서 미생물이 들어갈 수 없도록 하면서 신선한 공기를 넣어 줘야 했어. 파스퇴르는 S자 관을 통해서 산소는 공급되었지만 미생물은 공급되지 않는 장치를 만들었지. 그 결과로 미생물이 발생되지 않았으니까, 기존의 자연 발생설을 폐기 처분되고 생물은 저절로 발생하는 것이 아니라 반드시 이미 존재하는 생물로부터만 발생한다는 생물 속생설이 확립되었어."

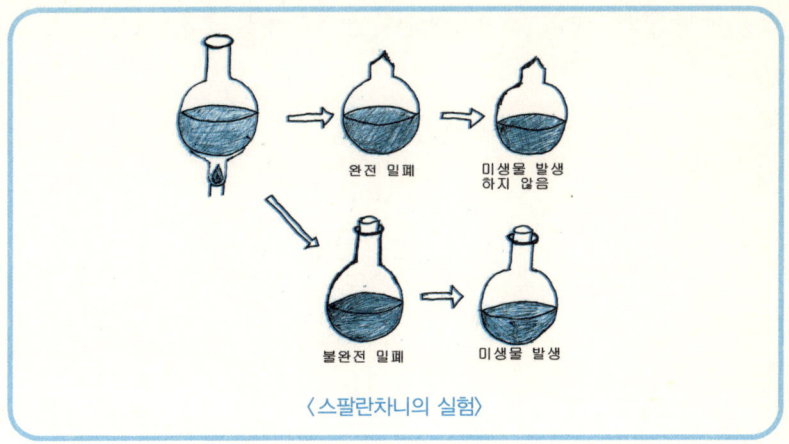

〈스팔란차니의 실험〉

"자, 그럼 본격적으로 생물 진화의 증거를 찾아볼까? 한 5000만 년 전 에오세 시대의 초원으로 가 보자."

유진이가 또 손가락을 튕기자 주위 환경이 초원으로 바뀌었다. 넓은 초원에 동물들이 뛰어다니고 거기에는 말들도 있는데…….

"저게 말이야? 왜 저렇게 작지?"
"일단 한 마리 잡아서 관찰해 보자."

곧바로 유진이는 말 한 마리를 잡아서 뒤통수를 때려 기절시켰다.

"이 말, 크기가 40cm 정도밖에 안 되네?"
"그리고 앞 발가락이 4개에 뒷발가락이 3개나 되지. 일단 다른 시대에 도 가면서 말들을 잡아서 조사해 보자."

둘은 시대별로 말을 한 마리씩 관찰했다. 관찰한 것을 그림으로 그리면 다음과 같다.

〈말의 화석〉

"다 됐다. 이걸 보면 알겠지만 말들이 현대로 올수록 몸집도 커지고 턱이 발달했지. 먹이가 풀로 바뀜에 따라 어금니가 커져서 풀을 씹기 좋게 되었고, 또한 서식지가 삼림 지대에서 초원 지대로 바뀌면서 빨리 달릴 수 있도록 발가락이 퇴화되어 1개가 되었다는 걸 알 수 있지. 이것이 생물이 진화해 왔다는 증거 중의 하나이지."

"이번엔 그 유명한 갈라파고스 제도로 가 볼까? 다윈이 진화론을 증명하기 위해서 갔던 섬 말이야."

섬에 도착하니 주변에 새들이 많이 살고 있었다.

"여기는 갈라파고스 제도의 섬들 중에 하나인데, 여기서도 진화의 증거를 찾을 수 있지. 일단 새들을 잡아서 관찰해 보자."

둘은 19개의 섬을 모두 돌면서 새를 잡아서 관찰했다.

"새들의 모습이나 부리가 약간씩 다르네?"
"그렇지. 섬들 사이에 갈라져서 새들이 서식했기 때문이야. 1800년대에 영국의 과학자 로마네스와 독일의 과학자 바그너는 생물이 바다나 높은 산맥에 가로막혀 두 집단으로 나뉜 채 오래 떨어져 있으면 같은 종이라도 두 집단 사이의 변이가 점점 커져서 각각 새로운 종으로 진화한다는 격리설을 주장했지. 또한 다윈이 여기 와서 각 섬마다 살고 있는 새들의 서식처와 부리가 조금씩 다르다는 것을 알아냈지. 그리고 똑같은 멧새라도 먹이에 따라 부리 모양이 달라진 것을 관찰했어. 다윈은 이를 토대로 남아메리카 대륙에서 이주해 온 새들이 섬에 정착하여 대륙의 새들과 별도로 진화하였으며, 섬마다 새들의 먹이가 달라서 그에 따라 다르게 진화해 온 결과 현재와 같은 다양한 형태가 되었다고 설명하였지."

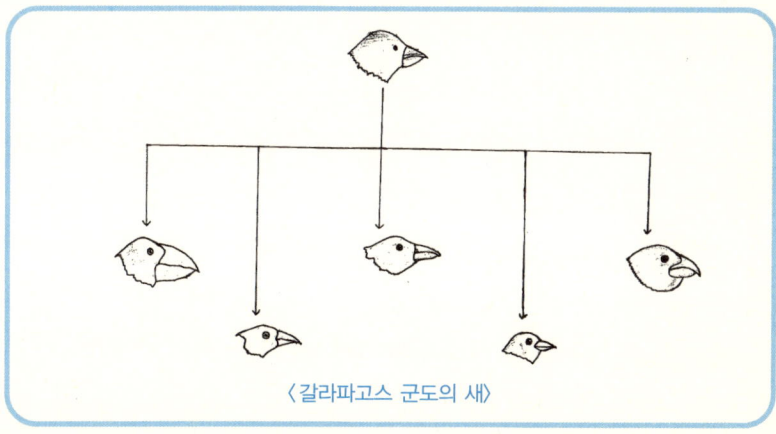

〈 갈라파고스 군도의 새 〉

유진과 삼식은 도서관으로 돌아왔다.

"그 밖에도 상동 기관, 상사 기관, 흔적 기관 등이 있지. 외형과 기능은 달라도 근본 구조와 발생의 기원이 같은 기관을 상동 기관이라고 해. 공통 조상으로부터 유래한 생물이라도 다른 환경에서 적응하여 전혀 다른 기능을 가진 기관을 가지게 되는 것이지. 예를 들어서 아래 그림과 같이 사람의 팔과 비슷한 상동 기관들이 있지.

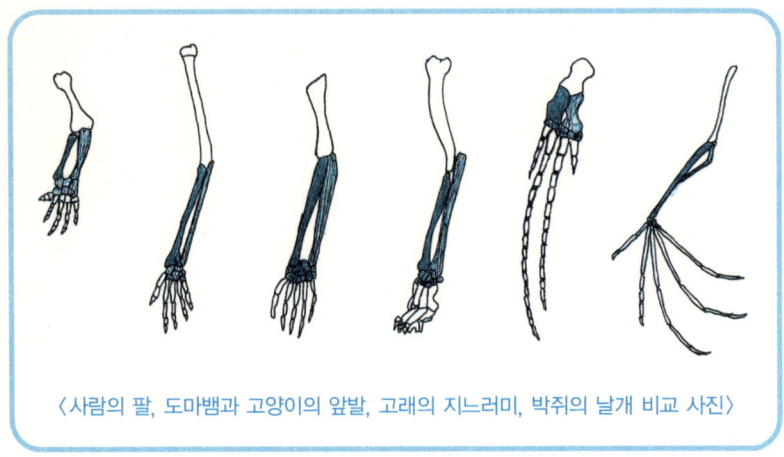

〈사람의 팔, 도마뱀과 고양이의 앞발, 고래의 지느러미, 박쥐의 날개 비교 사진〉

또한 상사 기관이라는 것은 상동 기관과 반대로 같은 기능을 수행하지만 구조와 기원이 같은 것을 말하지. 이것은 서로 다른 조상으로부터 유래하였지만 같은 환경에 적응하면서 형태상 동일한 기능을 수행하도록 진화하였다는 것을 보여 주는 거야. 곤충의 날개와 새의 날개, 고구마의 뿌리와 감자의 줄기 등이 있지.

마지막으로 흔적 기관이라는 것이 있어. 과거에는 많이 사용되던 기관이 진화 도중 퇴화되어서 현재에는 사용하지 않고 흔적만 남아 있는 기관들이지. 사람의 맹장, 꼬리뼈, 동이근과 닭의 날개, 비단뱀의 뒷다리 등이 있지.”

“음……. 증거가 참 많구나. 그런데 말이야, 왜 사람들은 진화의 법칙이라고 하지 않는 거야? 다들 진화론이라고 하던데, 그렇다면 진화론이 하나의 학설일 뿐이라는 것인가?”

“그건 말이야……. 진화론이 설명하지 못하는 것도 있고, 틀렸다고 주장하는 학자들도 많지.

일단 아까 예를 들었던 흔적 기관에 대해서인데, 인간의 꼬리뼈는 골반과 아래 뒷근육을 연결하는 기능을 가지고 있어서 앉는 데 도움을 준다고 밝혀졌어. 맹장과 편도선은 면역에 아주 중요한 역할을 하는 것으로 드러났지.

또한 상동 기관에 대한 반박인데, 상동 구조가 상동 유전자에 의해 만들어지는 것이 아니라, 상동 관계와 무관한 유전자에 의해 발현되는 것이 많으며, 유전학적 측면에서도 상동현상을 뒷받침할 만한 근거가 별로 없지.

또한 화석상으로 진화론에 문제가 있는 부분도 있어. 진화론에서 주장하는 생명의 탄생은 원시 지구에서 무기물이 우연한 계기로 유기물로 변해 가면서 어떠한 과정을 거쳐 원시 생명체가 생겼고, 그게 끊임없이 변하면서 다양한 동물과 인간으로 복잡하게 발전되었다는 것이야. 즉, 어떤 생물에서 다른 생물로 변화했다는 것이지. 예를 들어 아래 그림과 같이 박쥐가 처음에는 박쥐가 아니고 쥐가 진화해 가면서 박쥐가 되었다고 치자. 그렇다면 쥐와 박쥐의 화석만이 아니라 쥐에서 박쥐로 변하는 중간 단계의 화석들도 존재해야 하지. 하지만 그런 화석은 아직 발견되지 않았어.

〈 박쥐로 진화하는 중간 단계 모식도 〉

이런 진화 계열의 중간에 해당하는 종류가 존재했다고 추정되는데도 화석으로 발견되지 않은 것을 미싱 링크, 또는 멸실환이라고 부르지. 대표적으로 어류와 양서류, 또는 양서류와 파충류의 중간에 해당하는 화석이 존재하지 않는 것을 예로 들 수 있어."

"그렇구나. 아직 진화론이 맞는지 아닌지 모르는 것이구나."

"그렇다고 할 수 있지."

"좋아, 궁금했던 것도 다 알았고, 그럼 난 이제 다시 돌아가야겠다."

"벌써 돌아가게?"

"응. 내일 학교도 다시 가야 되는데 일찍 가야지. 집에 가서 물어볼 것도 있고 말이야."

"그래. 그럼 잘 가. 다음에 지구에 놀러오면 다시 보자."

"그래. 다음에 또 보자 지구인아. 가르쳐 줘서 고마웠어."

유진은 자기 별로 돌아왔다. 그는 아버지에게 묻고 싶은 것이 있었다.

"아버지, 다녀왔습니다."

"아들아, 허락도 받지 않고 외박이나 하고, 많이 컸다?"

"어, 그게……. 지구에 가서 조사를 좀 했어요."

"그래, 많이 알아냈니?"

"네, 똑똑한 지구인 한 명을 만나서 많은 설명을 들었어요. 그런데 아버지, 결국 진화론이 옳은 것인가요? 진화론이 틀렸다는 증거들도 몇 가지 있던데……. 또한 지구에는 진화론만이 아니라 신이 인간을 창조했다는 창조론도 있고, 생명은 우연히 만들어진 것이 아니라 지적인 존재에 의해 의도적으로 만들어졌다는 지적 설계론도 있고요. 셋 모두 나름대로의 근거가 있어서 무엇이 옳은 것인지 모르겠어요."

"하하. 그건 말이다……."

"……?"

"나도 모른단다. 그건 아무도 모르는 거야. 우리가 직접 볼 수도 없는 것이고, 지구에도 진화론이니 창조론이니 갑론을박을 하고 있지만, 그것은 아직 밝혀지지 않은 사실이란다. 뭐, 혹시 아니? 몇 십 년 후에는 확실한 증거가 나와서 생명의 탄생을 확실히 규정짓는 '법칙'이 나올지?"

이야기 속 학습 내용			
학년	고등학교 2학년	과목	생명과학
단원	생물의 특성	주제	진화

1 생명의 기원

가. 자연 발생설

생물은 자연계에 존재하는 무생물로부터 저절로 발생한다는 학설이다. 1862년 파스퇴르의 실험에 의해 부정될 때까지 많은 사람들이 믿었다.

나. 생물 속생설

생물은 이미 존재하던 생물로부터 발생한다는 학설이다. 파스퇴르의 S자관 실험을 통해 완전히 정립되었다.

다. 파스퇴르의 실험

1862년 파스퇴르는 플라스크 안에 유기물 용액을 넣고 플라스크의 입구를 S자로 길게 뽑아서 그 사이에 물을 채워 놓고 공기 중에 방치하였다. 며칠이 지나도 유기물 용액엔 미생물이 발견되지 않았으나 S자 관을 제거한 후에는 미생물이 발생한다는 것이 확인되었고, 이 실험을 통해서 생물 속생설이 확립되었다.

2 진화의 증거

가. 말 화석 증거

신생대 제3기부터 초원 지대가 넓어지면서 말의 서식지가 삼림 지대에서 초원 지대로 바뀌게 되었다. 이에 따라 말은 몸집이 커지고, 턱이 발달하였으며, 어금니가 커지면서 주름이 많아졌다. 또한 앞발가락과 뒷발가락은 각각 4개, 3개에서 현재 1개로 변해 왔다.

나. 갈라파고스 군도의 핀치새

다윈은 남아메리카 대륙의 서쪽에 있는 갈라파고스 군도에서 각 섬마다 살고 있는 핀치새가 조금씩 다르다는 것을 발견하였다. 섬마다 핀치새의 서식지와 먹이에 따라 부리의 형태가 조금씩 달랐던 것이다. 이를 토대로 다윈은 핀치새가 환경에 적응하여 진화하였다고 설명하였다.

3 진화론의 문제점

진화론에 따라서 생물이 다양한 방향으로 변화해 갔다면 현재 생물들의 화석뿐만 아니라 진화되기 전의 화석과 진화 선상의 화석이 모두 발견되어야 한다. 그러나 현재까지 그런 중간 단계의 화석은 발견되지 않았다. 이를 '멸실환'이라고 한다.

3

Storytelling and Life Sciences

소화-영양소

살이 찌는 원인은 지방이 아니다.
과연 무엇이 살을 찌우게 하는가?

Q 살이 찌는 원인은 지방이 아니다. 과연 무엇이 살을 찌우게 하는가?

불타오른다. 점점 불타오른다! 이런 더위는 태어나서 처음이다. 아스팔트는 녹아 흐르는 듯하고, 가로수들은 모두 물을 찾으러 가지를 쭉쭉 뻗치고 있다. 집에서 나온 지 겨우 몇 분밖에 지나지 않았는데, 둥실이의 옷은 땀인지 오줌인지 물인지 어느새 홀딱 젖어 있었다. 흘러내리는 벨트를 끌어올리며 그는 한 발 한 발 힘겹게 내딛었다.

'안 돼. 오늘 꼭 만나야 해. 성실이를 만나서 어서 이 문제를 해결해야 돼!'

그러나 둥실이에게 이런 날씨는 여간 지옥이 아니다. 더운 날씨가 그에게 지옥인 이유는 이번에 그가 소개할 문제와 관련이 있다. 그가 현재 겪고 있고 성실이에게 도움을 청하려는 그 문제. 그 문제는 우리 주변에 흔히 존재한다. 어딜 가나 만병의 근원으로 꼽히는 질병. 그렇다. 그는 비만이다. 그가 할 수 있는 일이라곤 손수건으로 쉴 새 없이 쏟아지는 땀을 닦으며 자기 몸에서 슬그머니 흘러나오는 삼겹살 타는 냄새를 부정하는 것뿐이었다.

영양소 이야기

　무더운 햇빛이 살을 푹푹 찌르는 어느 날, 평소보다 더 심한 더위로 인해 전국에 폭염 경보가 울렸다. 폭염은 매우 불쾌한 일이다. 특히 자신의 파트너 영양소와 같이 다녀야 할 때는 더욱더. 여기서 일단 설명해 주겠다. 이 세계엔 두 가지 재밌는 법칙이 존재한다. 첫 번째는 모두가 태어날 때부터 영양소와 인간으로 나누어져 구분된다는 것이다. 두 번째는 모든 인간에게는 부족한 영양소가 반드시 하나 존재하며, 그 영양소를 보충하기 위해 영양소들과 짝을 이루어 다녀야 한다는 것이다. 이것은 이 세계의 깨질 수 없는 질서임을 기억해야 한다.

　온몸이 나른해지는 오후, 여기는 학교 옆 주택단지로, 오늘 친구의 부탁으로 문제를 해결할 한 학생이 살고 있다. 그의 이름은 성실이. 눈치가 빠르다면 그가 성실하다는 것을 한번에 알 수 있을 것이다.

　눈을 뜨자 그는 평소에 자던 침대가 아닌 거실 소파에 누워 있다. 그는 눈을 비비고 옆에 놓인 안경을 잡는다. 호리호리한 몸을 일으켜 세워 정면을 바라보니 바보상자가 환하게 빛나고 있다. 그러자 전날 텔레비전을 보며 꿈뻑 졸아버린 기억이 되살아났다. 그는 천천히 기지개를 펴며 지저분하게 과자와 봉투가 널려 있는 탁자를 쳐다보았다. 탁자 위에는 도넛, 닭다리, 버터, 컵라면, 여러 가지 맛을 내는 사탕, 여

러 가지 맛을 섞어버린 빵, 초콜릿 등의 살을 찌우기엔 아주 안성맞춤인 음식들이 나열되어 있었다.

'이런, 어제 그냥 잠들어 버렸군.'

커튼을 여는 순간, 눈과 마음을 시원하게 해주는 푸른 나무들과 그것보다 더 푸른 하늘이 보였다. 그는 언제나처럼 오늘도 나무의 가지 모양과 활짝 피어 있는 꽃의 개수를 헤아렸다. 그는 매사에 집중하고, 확실히 하는 그런 성격의 소유자다. 어찌나 쓸데없이 꼼꼼한지 열매의 수까지 모두 센 다음, 그는 제대로 알찬 하루가 시작되겠구나 생각하며 양치질을 하기 위해 발을 서둘렀다.

'쿵'

그때, 저 멀리서부터 이 알찬 하루의 시작에 무언가가 개입하려는 징조가 들려왔다.

'아니, 이런 아침에 누구지? 옆집아저씨인가. 아니야. 그럴 리가 없어. 분명 어젯밤 옆집아저씨가 부인께 뽀뽀를 하며 구두 뒷굽으로 바닥을 두 번 내리치며 딸 몰래 조용히 집을 나가는 소리를 들었다고. 그건 분명 사흘 정도 후에 온다는 그 부부의 암호라구!'

'쿵, 쿵'

복도 끝 계단에서부터 커다란 발자국소리가 들린다. 그는 그 소리를 듣고 한층 더 깊은 생각 속에 빠진다.

'저 둔탁하고 뒤뚱거리는 발자국 소리를 들어보니 옆집아저씨는 아니야. 이 근처에 사는 사람은 저런 발소리를 내지 않지. 잠깐만, 저 계단은 총 7칸. 그런데 총 4번 발소리가 났으니 그는 처음 한 칸을 딛고 두 칸씩 뛰어 올라왔군. 그렇다면…… 그렇군! 오늘 내 의뢰인이자, 내 친구!'

'똑똑!'

누군가가 문을 두드린다. 성실이는 누군지 이미 알아채고는 문을 열며 말한다.

"누구시죠? 어! 어서와. 오늘 일찍 왔네. 그런데 너 몰골이 그게 뭐냐, 둥실아."

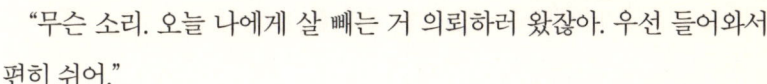

참고로 둥실이의 생김새는 완전 둥실둥실 떠오르는 구름 같다.

"여, 성실이. 지금 밖엔 완전 불지옥이라고. 농담 아니고 여기까지 오면서 살이 1kg은 빠진 것 같아."

"무슨 소리. 오늘 나에게 살 빼는 거 의뢰하러 왔잖아. 우선 들어와서 편히 쉬어."

뒤뚱뒤뚱 통통 데굴데굴. 둥실이의 움직임을 묘사할 수 있는 단어는 이것뿐이다. 그는 성실이가 양치를 하러 간 사이에 탁자 위에 놓인 많은 음식들을 보았다.

"아니 이것들은! 하나같이 모두 지방이 절어 있는 음식들 뿐이잖아! 이 맛있는 것들을 혼자 다 처먹고 저리 호리호리할 수가 있으라! 분명히 내가 모르는 엄청난 살 빼는 비결을 알고 있는 것이 분명해! 혹시 나 몰래 산에서 도라도 닦는 건가?"

그 순간 그의 뇌에서는 지상 100m 위에서 떨어지는 폭포수를 맞으며 가부좌를 틀고 명상에 잠겨 있는 성실이의 모습이 스쳐갔다. 때마침 양치질을 다 하고 거실로 돌아오는 성실이. 성격 급한 둥실이는 우선 달린다. 멱살을 잡는다. 묻는다.

"성실이! 어떻게 이런 원초적인 지방냄새를 풍기는 음식을 다 먹고도 살이 안 찔 수가 있지? 네놈은 인간인 거냐!"

"어이, 진정하라고. 너 내 파트너 영양소 누군지 알잖아. 지방, 그것도 그중에서 콜레스테롤이라고!"

그렇다. 성실이의 파트너 영양소는 콜레스테롤. 스테로이드 화합물의 일종으로 비타민이나 성 호르몬을 합성하는 일을 하지만, 동맥 경화의 주범이다.

"파트너가 외출 중이라서 어쩔 수 없이 이 기름기가 좔좔 흐르는 것들을 먹는 것뿐이라고. 사실 맛있긴 하지만."

"아, 그랬었지. 미안하다 친구여. 내가 잠깐 깜빡했군. 어쨌든 내가 살을 뺄 수 있도록 도와주게, 친구여."

"음, 알았어. 우선 비만의 정의부터 알아보지. 비만이란 우리 몸에 지방 조직이 과다하게 많은 경우를 말해. 그 척도로 체질량지수를 쓰는데, 그 값이 25 이상이면 비만이라고 판단을 하지. 너 혹시 그거 측정해보……."

성실이는 재빠르게 둥실이를 훑어본다. 이건 나무랄 데 없는 비만이다. 아니, 뚱한 얼굴까지 보태니 고도비만까지 확정될 판이다.

"자, 그럼 너의 일상생활을 한번 말해 봐."

화제의 급전환은 성실이의 기본 기술이다.

"음, 우선 이 몸의 아침은 항상 밥 한 그릇과 국 한 그릇으로 시작되지. 반찬으로는 김치와 김, 계란후라이야."

"한 그릇? 그건 보통 크기의 그릇이니?"

"물론이다. 성실이 네가 먹는 밥그릇과 크기가 거의 같아."

"그럼, 국은 무슨 국을 먹는데?"

"미역국이나 된장국. 그리고 가끔 소고기국을 먹지."

"아직까진 이상이 없어 보이는 걸. 그 다음에 간식을 많이 먹나?"

"무슨 소리. 그 후로 점심밥까지 우유만 한 잔 마신다고."

"오호라. 그럼 문제는 오후시간이로군. 어서! 어서 점심밥을 말해 봐!"

재촉하는 성실이. 오늘 하루 최고의 미소를 띠며 그는 둥실이에게, '어서 너의 그 잘못된 삶의 모습을 샅샅이 털어놓아 보거라. 쿠할할할.' 이라고 속으로 웃으며 귀를 쫑긋 세운다.

"점심 때는 밥 한 그릇 반과 고등어, 햄 한 조각, 시금치, 샐러드 등을 주로 먹지."

'어라? 비만자의 식사는 의외로 평범한 건가.'

기대 이하의 답을 듣고 실망하는 성실이. 그러나 그런 속마음을 겉으로 드러내지 않는다.

"둥실아, 그럼 저녁밥으로 주로 뭘 먹는데?"

"저녁밥은 주로 밥에다가 깍두기, 무말랭이, 하루 중에 먹다 남은 반찬 등을 먹지."

'우와, 검소해. 나보다 더 적게 먹잖아. 그럼 뚱뚱해지는 다른 이유가 있는 걸까?'

다시 말하지만 그는 절대 실망감을 밖으로 표출하지 않는다. 얼굴 표정 바꾸기는 그의 두 번째 기본 기술이다.

"아마 운동을 안 해서 그런 걸 거야. 둥실아, 하루에 외출 시간이 얼마나 되니?"

"새벽에 조깅을 30분간 하고, 오후에 자전거로 동네 한 바퀴 돌아다니고, 밤에 줄넘기를 20분간 하지."

'이럴 수가! 전혀 뚱뚱해지는 요소를 찾아낼 수가 없어!'

성실이는 놀랐다. 잠시 생각에 잠긴다. 지금 그가 했던 말들은 그의 표정과 행동을 읽었을 때 거짓말일 확률은 희박하다. 이 확률을 알 수 있는 것 또한 그의 기본 기술 중 하나인데 너무 많으니 이제 생략하겠다. 어쨌든 식단과 운동이 답이 아니라면 또 다른 답이 있다는 것인데, 도무지 감이 잡히질 않았다.

그가 곰곰이 생각에 잠겨 있는데, 이번엔 둥실이가 질문을 던졌다.

"흠, 그런데 성실이 네 파트너는 언제 돌아 오냐."

"아, 그 애라면 걱정하지 마. 원래 잘 싸돌아다니니깐 어딘가에서 행복한 표정으로 서 있겠지. 아마 대형할인마트에서 무료시식의 대통령이 되어 있을 거야."

"어이, 그렇게 내버려둬도 되냐. 잘못하면 성실이 네가 위험해진다고. 콜레스테롤도 우리 몸에 필요하단 말이야."

"에이, 별 걱정을 다하네. 원래 잘 싸돌아다니던 애고, 여태껏 집에 잘 돌아왔다고. 그런데 둥실이 넌 왜 파트너 안 데리고 왔어?"

"아, 그게 있지. 데리고 오려고 했는데 바쁘다고 하면서 나 혼자 가래."

"응? 무슨 볼일이라도 있어?"

"음······."

둥실이는 오늘 아침 파트너와 나눈 대화를 상기해 보았다.

"글쎄, 나도 잘 몰라. 어쨌든 가끔 혼자 외출하고 그러는데, 어디 갔었는지 말 안 해줘."

'응? 조금 이상한데. 파트너끼리 어디 가는지 얘기도 안 하나.'

잠시 생각에 잠긴 성실이. 성실이는 무언가 결심했는지 둥실이에게 말한다.

"좋아. 그럼 둥실이 너희 집에 한번 가볼까?"

"아니 왜?"

"그야 사건이 일어나면 현장으로 달려가는 건 당연하잖아. 잠깐 알아보고 싶은 것도 있고."

푹푹 찌는 더위. 둥실이 집에 도착했을 때 두 사람은 이미 거의 쓰러질 지경이었다. 집 안에 들어선 성실이는 둥실이의 넓고 깨끗하게 정리된 집이 마음에 들었다. 둥실이의 파트너가 없다는 것을 알고, 두 사람은 주스를 마시고 다시 본론에 들어간다.

"둥실아, 네 파트너는 무슨 영양소야?"

"비타민C, 아스코르브산이야. 뼈를 튼튼히 하고 상처를 낫게 해주지. 만약에 그가 없으면 나는 아마 괴혈병으로 쓰러졌을 거야. 그가 없는 동안엔 비타민C 영양제를 먹지. 참고로 비타민C와 같이 수용성인 비타민에는 B가 있는데, B_1, B_2, B_9 등이 있으며 탄수화물, 지방, 단백질의 대사를 돕고 피를 만드는 데에 꼭 필요한 영양소야."

'아싸 내가 아는 거 나왔다!'라며 외치는 듯한 둥실이. 성실이는 말리면 오히려 귀찮다는 것을 잘 알기 때문에 내버려둔다.

"그리고 지용성 비타민에는 A, D, E, K가 있는데, A는 눈의 간상세포의 로돕신이라는 성분을 만들고, D는 뼈의 성장을 촉진시켜주지. E는 생식기의 성장을 촉진시키고, K는 혈액 속의 프로트롬빈이라는 성분을 만들어. 비타민은 소량으로도 우리 몸의 호르몬이나 신진대사를 조절할 수 있기 때문에 조금이라도 부족하거나 넘치면 결핍증과 과다증에 걸리게 돼."

"아하! 그렇구나. 그럼 다시 둥실이 너의 파트너 얘기로 돌아가자. 평소에 어떤 성격인데?"

"조용하고 차분하지. 그리고 게임이나 영화를 아주 좋아하고 부끄럼을 잘 타. 그래도 사람들에게 아주 착하고 친절해서 모두들 그를 좋아해."

"그 파트너의 방은 어디에 있지? 한번 보고 싶은데."

"저기 모퉁이 돌아서 안쪽이야. 어지럽히지 말고 손도 대지 마. 난 옷 좀 갈아입을게."

둥실이는 뒤뚱뒤뚱 그의 방으로 들어갔다. 성실이, 그는 둥실이가 방 안으로 들어가는 것을 보며 옷을 갈아입는 장면을 생각했다.

'보통 사람이 민소매까지 갈아입는 시간은 대략 2분. 그러나 저 몸매라면 아마 5분은 더 걸리겠지. 그 시간 동안 둥실이 파트너 방의 모든 것을 알아내주겠어.'

그는 태평스럽게 둥실이의 파트너 방에 들어간 다음, 문을 닫고 주변을 살펴보았다. 햇볕이 잘 들지 않는 방이었다. 책상 위에는 빈 풍선껌 껍질과 손수건이 놓여 있고 그 옆에는 교과서가 어질러져 있었다. 땅에는 슈퍼마켓 할인카드, 먹다 남은 과자가 있었다.

'별다른 특이한 건 없네. 그런데 이 집에 벌레가 많나?'

시계 옆 선반 위에는 많은 살충제들이 놓여 있었다. 그는 방 안을 좀 더 살핀다. 침대 옆, 베개 속 등등. 그러나 아무것도 찾지 못했다.

'역시 내 생각이 틀렸던 걸까.'

방에서 나가기 전에 성실이는 한 번 더 방 전체를 둘러본다. 그때, 책상 구석에 영화 테이프가 하나 놓여 있는 것이 눈에 띈다.

'영화를 좋아한다면서 영화 테이프는 하나만 가지고 있네?'

무슨 보물인 것 같아 보이는 영화 테이프. 호기심에 성실이는 19금이 붙어 있나 테이프를 확인해 본다.

'뭐야 이거. 제목도 없잖아. 으~!'

영화 테이프가 성실이의 손에서 미끄러져 튀쳐나와 땅으로 추락했다. 지금 이 상황은 마치 '어이쿠, 손이 미끄러졌네?' 라고 흔히들 말하는 상황이다. 그런데 그 순간, 성실이의 눈앞에 조그맣고 하얀 통 하나가 떡하니 튀어나왔다.

"아, 아니. 요건?"

통에는 '비타민C. 당신의 몸을 초인으로!' 라는 매혹적인 광고가 적혀 있었다. 성실이, 그는 달린다. 집 안이지만 어쨌든 친구에게로 달려간다. 그리고 아직까지 웃옷을 입고 있는 중인 친구에게 통을 들이댄다.

"둥실아! 이것 좀 봐라. 이게 왜 그놈 방에 있는 거냐? 걔는 비타민C 아니었냐?"

"아니 이건! 내 파트너는 비타민C인데, 왜 비타민 약을 가지고 있는 거지? 그럼 설마 비타민C가 아니란 건가!"

"그놈! 그놈 어디로 갔어? 빨리 찾자!"

"네 이놈을 그냥!"

흥분한 두 사람. 서로를 향해 소리를 지르며 날뛴다.

"어서 옷 갈아입어! 지금 당장 밖으로 나가서 찾자!"

그들은 쓸데없이 더위를 재촉하며 밖으로 뛰어나갔다.

호리호리한 사람과 뚱뚱한 사람이 한 조를 이루어 거리를 활보하고 있

다. 거리엔 사람이 보이지 않았다. 모두 더워서 건물 속으로 숨은 모양이
다. 사람 찾으러 나왔다는 두 사람. 하나 무슨 재주로 파트너 있는 곳을 알
수 있으랴. 전화도 받지 않고 GPS도 달려 있지 않은 파트너를 무슨 수로.

"둥실아, 그놈이 지금 있거나 서식할 만한 곳 짐작해 봐."

"에······. 그런 곳이라면 잘 아는 게임방이랑 헬스클럽이 있지. 일단
가까운 게임방으로 가보자."

게임방에 첫 발을 내딛는 순간, 공기가 차가워지는 것을 느끼며 둘은 행
복한 미소를 지었다. 그런데 그때, 누군가가 둥실이를 부르며 다가온다.

"여, 둥실이. 오랜만이네. 친구랑 게임하러 왔냐?"

"웅? 누구더라? 넌! 보글이!"

갑자기 등장한 신 캐릭터. 그는 둥실이와 매우 친한 사이인 것 같다. 둥
실이는 성실이에게 보글이를 소개한다.

"이봐, 성실아, 얘는 내 친구 비타민C인 보글인데, 옛날부터 나와 내
파트너랑 잘 아는 사이였어."

빈티지 청바지를 입고 풍선껌을 씹는 그의 모습은 시원스런 그의 성격
을 나타내었다.

"안녕, 난 보글이야. 성실이 너의 얘긴 둥실이에게 많이
들었어."

"어, 반가워. 그런데 우린 게임하러 온 게 아니야. 둥실
이의 파트너를 만나러 왔거든."

성실이는 넌지시 말하는 데에 능숙하다. 별일 아닌 것
처럼 말하여 둥실이의 파트너를 찾아내는 것이 그의 목
적이었다.

"웅? 무슨 일인데?"

"아니, 별일 아니라 함께 모여서 밥을 먹······."

그때 말을 가로채는 둥실이.

"그놈, 그놈에게 꼭 물어야 할 게 있어. 지금 어딨어?"

역시 둥실이. 뒤탈이 없는 날카로운 훼방. 보글이는 잠시 주춤하더니 대답하였다.

"아…… 글쎄. 아마 저쪽 밖 사거리에 있는 슈퍼마켓에 가지 않았을까? 늘 장보러 갔었지, 아마."

성실이는 재빠르게 보글이를 훑어본다. 그리고는 태연히 말했다.

"아, 그럴 수도 있겠다. 그럼 우린 슈퍼마켓에 갈게. 안녕."

성실이는 보글이에게 인사를 하고 둥실이와 함께 게임방에서 나온다. 잠깐 주위를 둘러보던 성실이는 갑자기 소리쳤다.

"아! 맞다. 둥실이 너, 집 현관문 안 잠갔어!"

"뭬야! 털리면 다 네 탓이야, 임마."

"나 잠깐 확인해 보고 올 테니 둥실이 너부터 먼저 슈퍼마켓에 가봐."

"어휴, 알았다. 나 먼저 가지."

성실이는 급하게 둥실이네 집으로 달려간다. 그리고 둥실이가 멀리 가버리자, 다시 게임방 앞으로 돌아왔다. 사실 성실이는 현관문을 꼼꼼히 잠갔다. 그는 둥실이 몰래 확인하고 싶었던 것이 있었다.

'아까 보글이의 말하는 태도. 그건 완전히 거짓말하는 것 같아 보였어.'

그때, 게임방에서 누군가가 나왔다. 숨어 있던 성실이는 그를 보고 씨익 웃었다.

"으이그, 이놈은 아직 현관문 확인하고 있나?"

슈퍼마켓에 갔다가 다시 돌아오는 중인 둥실이. 해는 벌써 서쪽으로 기울어지고 있었다.

"어이, 둥실이! 미안, 현관문 확인할 겸 가스도 확인한다고 늦었어."

"어딜 싸돌아다니다가 이제야 나오냐. 네가 간 사이에 벌써 슈퍼마켓에 갔다 왔다고."

"그래그래, 어쨌든 파트너는 찾았어?"

"음……, 어. 그런데, 내 파트너가 아니라 성실이 네 파트너."

"응? 뭐라고?"

그때 둥실둥실한 둥실이의 몸 뒤에서 한 통통한 애가 튀어나왔다. 그는 성실이를 보자 싱긋 웃으며 인사했다.

"와우, 오랜만이야! 마이 파트너 성실이! 나 없이 잘 지내고 있었지?"

새로운 등장인물은 성실이의 파트너, 콜레스테롤 몽글이. 이 녀석이 없는 동안 성실이는 계속 콜레스테롤 음식들을 먹어왔다.

"몽글이…… 네가 왜……."

갑작스런 파트너의 등장에 성실이는 의아해 했다. 그런 성실이를 재미있다는 듯이 쳐다보며 몽글이는 대답하였다.

"슈퍼마켓에서 무료 시식하는데, 낯익은 얼굴이 보이잖아. 자세히 보니 둥실이인 거야. 둥실이가 자신의 파트너를 찾는다기에 도우러왔지롱. 나도 협력해 줄게."

성실이는 몽글이를 데리고 다닐까 말까 생각했다.

'거기 무료 시식도 했나? 아니 그보다, 이 상황은 위험해. 몽글이가 같이 다닌다면 사건은 오히려 꼬일지도 몰라.'

성실이는 몽글이의 파트너로써 누구보다 그를 잘 안다. 성실이는 속으로 생각했다.

'제발 사고만 치지 마라, 몽글아…….'

몽글이. 그는 사흘 후에 세상이 멸망해도 모레까지는 일단 놀고 보는 긍정적인 성인이시다. 세계관도 엄청나기 때문에 그가 무슨 일을 저지를지 아무도 알 수 없다. 그래도 파트너를 매몰차게 대할 수 없으니, 성실이는 몽글이를 데리고 다니기로 한다. 성실이가 말했다.

"뭐, 일단 도와준다면 고맙지."

성실이는 기뻐하는 몽글이를 보고는, 고개를 둥실이 쪽으로 돌리며 말을 이었다.

"둥실아, 실은 아까 전에 네 파트너를 보고 왔어."

"뭐라고? 어디서?"

"게임방에 앞에 있으니까 잠시 후에 보글이가 나오더라고. 그래서 보글이를 미행해 봤더니 헬스클럽으로 가더군. 거기서 보글이가 둥실이 너의 파트너와 대화를 나누더라. 보글이는 우리가 파트너를 찾고 있다고 말했고, 파트너는 약간 당황하더니 헬스클럽에서 나와서 금세 사라져버렸어."

"그럴 수가. 그런데 넌 보글이가 거짓말한다는 것을 어떻게 알았지?"

"간단하지. 우선 보글이가 말을 할 때 눈동자가 약간 흔들리고 몸을 주춤거렸어. 그건 거짓말을 할 때 생기는 현상이야. 그리고 너희 집 파트너의 방에 슈퍼마켓 할인카드가 있었어. 그걸 두고 슈퍼마켓에 갈 녀석이 아니라고 생각했거든."

성실이의 말에 감탄하며 둥실이가 말했다.

"음, 그래. 내 파트너는 항상 꼼꼼했어. 그럼 이젠 뭘 해야 하지? 내 파트너는 정말 지방인 걸까?"

"글쎄, 왜 지방이라고 생각하는데?"

"음, 내가 뚱뚱해지니깐?"

"글쎄, 지방이라고 해도 종류가 여러 개고, 다른 영양소일지도 모르잖아."

그때, 몽글이가 끼어들었다.

"근데 둥실이 너의 파트너는 이름이 뭐야? 나와 성실이는 한 번도 들어본 적 없어."

"아, 그랬지. 이름은 지글이야."

"뭐라고! 지글이!"

갑자기 소리치는 몽글이. 그 소리에 나머지 두 사람도 '급' 긴장을 하였다. 마음 급한 둥실이가 무슨 일이냐고 물었다.

"왜 그렇게 놀라고 그래. 혹시 아는 사람?"

"아는 사람 자시고 할 것 없어. 그 앤 우리 영양소들 사이에서도 제법 알려진 애라구. 도무지…… 정체를 알 수 없는 놈이야."

"정체를 알 수 없다?"

성실이와 둥실이가 동시에 물었다. 몽글이는 머리를 긁적이며 말하였다.

"어. 그러니까…… 우리 영양소들은 서로가 무슨 영양소인지, 그리고 구조가 어떤지 알 수 있지. 예컨대 지방 중에서 중성지방인 영양소는 자기와 같은 지방인 영양소를 찾아서 서로 정보를 공유하거나 어떤 생활을 지내는지 서로 알려주지. 탄수화물은 단당류, 이당류, 다당류 이렇게 크게 세 무리로 나뉘고, 단백질

은 아미노산의 펩티드 결합에 따라 여러 무리가 있고, 비타민은 A, B, C, D 등으로 분류될 수 있지. 아, 그리고 나누는 기준에는 여러 가지가 있는데, 단백질은 나선 구조, 병풍 구조, 그리고 구조들이 접히고 얽혀 있는 형태 이렇게 분류되기도……."

몽글이가 장황한 설명을 늘어놓자 성실이는 말을 끊고 재촉한다.

"아, 그래, 고마워, 내 파트너야. 그럼 넌 지글이에 대해 잘 아니?"

"음, 그 애는 잘 모르지만, 그 애를 잘 아는 사람은 알고 있지."

"응? 그 사람이 누군데?"

"알고 싶으면 따라와 봐."

몽글이가 콧노래를 부르며 힘차게 나아가자, 두 명이 그 뒤를 쫓아간다. 날씨는 아직도 더웠으며, 내일까지는 전혀 시원하지 않을 기세다.

"자, 여기야. 이곳에 그 사람이 계셔."

그들이 멈춰선 곳은 병원. 몽글이는 병원에 온 이유를 말한다.

"내가 알기론 지글이는 이 병원에 자주 다니지. 의사선생님이라면 지글이의 비밀을 알거야."

"오호, 과연. 그럼 그 의사선생님께 가보자고."

세 사람은 병원으로 들어가서 의사선생을 찾는다.

"어서 오세요. 제가 의사 조롱이입니다. 어디가 아프시죠?"

"아뇨. 치료가 아니라요."

의사선생은 왠지 모르게 자상하고 남의 마음을 이해하는 분 같아 보인다.

"그럼 꺼져."

"헉."

사실 의사선생은 그렇게 친절한 사람이 아니었다. 당황한 둥실이는 이내 정신을 차리고 당당히 나서며 말했다.

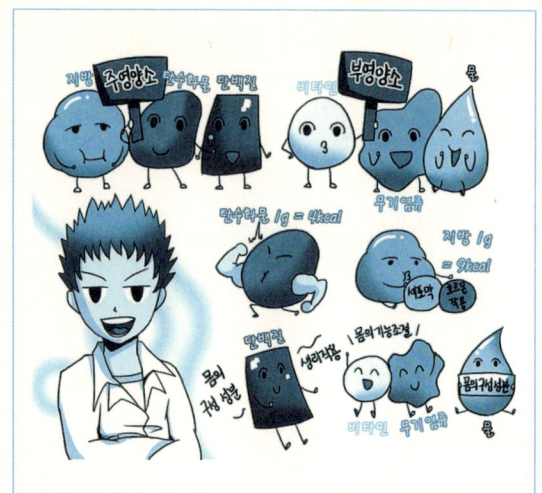

"전 제 파트너 지글이에 대해서 알고 싶습니다."

"호오, 당신이 지글이의 파트너인가요? 그렇게 지글이에 대해서 알고 싶으시다면, 우선 당신이 영양소에 대해서 잘 아나 묻고 싶군요.

우선 영양소에는 주영양소의 탄수화물, 지방, 단백질이 있고, 부영양소의 비타민, 무기 염류, 물 등이 있습니다. 탄수화물은 가장 주된 에너지원으로 1g당 약 4kcal의 에너지를 내고, 우리 몸의 구성 성분으로 쓰이지요. 지방은 세포막의 구성성분이나 호르몬의 작용에도 쓰이며, 1g당 약 9kcal을 냅니다. 단백질은 몸의 구성성분으로 쓰이며, 생리작용의 조절에도 필요하죠. 비타민과 무기 염류는 몸의 기능 조절에 꼭 필요하며, 물 또한 중요한 몸의 구성성분입니다."

"그 정도는 상식으로 알고 있습니다. 덧붙여서 탄수화물은 감자나 옥수수, 밀가루 음식에 많으며, 지방은 돼지고기, 버터에 많습니다. 그리고 단백질은 닭고기, 콩에 많으며 비타민은 채소와 과일에 많지요. 그래서 다이어트를 하는 사람들은 지

방이 많은 육류, 기름이 많은 음식, 인스턴트식품을 피하고, 야채, 과일이 많이 들어간 샐러드, 콩류, 생선 등을 먹으면 좋습니다."

"흠, 좋아요. 잘 아시는 듯하군요. 그럼 뭘 알고 싶으십니까?"

"지글이가 진짜 비타민C인지 알고 싶습니다."

"그건 곤란한데요. 그럼 재밌는 사건이 바로 끝나버리지 않습니까. 하하."

의사선생은 왠지 조롱하는 것을 좋아하는 것 같다. 그는 미소 지으며 계속 말한다.

"대신 제가 가지고 있는 영양소 검출에 쓰이는 약들 중 하나를 가지고 가게 해 드리겠습니다. 무엇을 드릴까요?"

"아뇨, 하다못해 지글이가 무슨 영양소인지 힌트라도……."

"음, 제가 할 수 있는 말은, 지글이는 파트너를 가장 아낀다는 것이지요. 여러분은 지글이의 방에 들어가 보셨나요?"

성실이는 지글이의 방을 떠올려 본다.

"예, 뭐 특이한 건 없었던 것 같은데요."

"이런, 사소한 것이라도 잘 생각해 보세요. 그러면 진실을 아실 겁니다."

곰곰이 생각해 보는 성실이, 그 순간 그의 머릿속에 한 가지 생각이 확 떠오른다.

"선생님, 그럼 저흰 이 약을 가지고 가겠습니다."

바깥은 이미 어두워져서 땅거미가 온 사방에 깔렸다. 그러나 기온은 좀처럼 내려가지 않아 아직도 더웠다. 어두운 골목길 앞에 지글이가 서 있다.

'이젠 큰일 났군. 어떻게 집으로 돌아갈 수가 있을까. 벌써 내 정체가 들통나버린 걸까. 휴우. 이렇게 될 바에야 그냥 말하는 게 좋았던 걸까?'

지글이는 완전히 자포자기한 폐인이 되어가고 있었다. 그는 주머니에 손을 넣어 종이 한 장이 있는 것을 확인하고는, 그것을 꼭 쥔다.

"삐리링~, 삐리리링~."

'응? 둥실이에게서 전화가 오네. 언제까지 피할 수만은 없는 노릇. 받아보자.'

지글이, 마른 침을 삼키고 전화를 받는다.

"여보세요?"

"지글아, 살려줘. 몸에서 피가 나는데 도무지 멈추지가 않아. 지글아…… 어서 빨리……. 집으로, 집으로 와줘……."

"둥실아!"

"뚝"

지글이는 달리기 시작한다. 여태껏 지글이가 그렇게 빨리 달린 적은 없었다. 그는 집 앞에 와서 현관문을 열고 거실로 뛰어 들어왔다.

"둥실아, 괜찮아? 어딨어? 아니, 어떻게 된 거야?"

지글이의 앞에는 몸에 다친 곳 없이 아무렇지 않은 둥실이가 있었다. 그 옆에 있던 성실이와 몽글이가 차례로 말하였다.

"보라고. 부르면 온다고 그랬잖아."

"정말이네. 찾을 필요가 없었어."

둥실이는 자신을 위해 달려온 지글이를 보며, 조용히 묻는다.

"지글아, 넌 도대체……, 누구인 거니?"

"나……, 나는 비타민C야."

둥실이와 나머지 두 사람은 조용히 지글이를 바라본다. 그의 희미한 눈동자가 아주 약하게 떨리고 있었다. 성실이가 한 발 앞으로 나서며 말하였다.

"거짓말하지 마. 네 방에서 비타민C가 발견되었어. 그리고 우리가 널 찾는다는 것을 보글이를 통해 알았었지?"

"맞아, 오늘 아침에 보글이를 만나 껌을 씹으며 함께 헬스클럽에 갔었지. 그리고 그 후 보글이가 나에게 와서 너희들이 나를 찾는다고 말해 주었어."

"그럼, 넌 왜 그때 도망친 거지?"

"그건, 그건 급한 일 때문에 나중에 너희와 만나려고 한 거야."

"그럼, 한 가지만 묻지. 여기에 네가 자주 가는 병원에서 얻어온 영양소 검출약이 하나 있어. 넌……, 지방이니?"

그 말에 지글이는 약간 당황하는 기색을 보인다. 그러나 곧 괜찮다는 듯이 미소를 지으며 말한다.

"하하. 아니야. 아니라는 것을 증명할 수 있어. 지금 내 머리카락을 여기에다 넣어볼까?"

영양소들은 자신의 머리카락을 지시약에 넣어봄으로써 자신이 무슨 영양소인지 증명할 수 있다. 지글이는 자신의 머리카락을 뽑아서 지방을 검출하는 약인 수단Ⅲ에 넣으려고 하였다.

그때, 성실이가 나직이 말한다.

"그럼, 나도 한 가지만 묻지. 지금 네 뒤에는 왜 개미가 그렇게 많지?"

지글이는 놀라며 뒤를 돌아본다. 놀랍게도 뒤에는 아주 많은 개미들이 줄을 지어 지글이를 따라오고 있었다.

"아니, 집안에 어떻게? 설마!"

성실이는 씨익 웃으며 말하였다.

"그래, 내가 일부러 집안에 개미들을 풀어놓았지. 더운 바깥에서 한참

동안 있다가 여기까지 오느라 너는 땀범벅이 되었지. 그리고 넌 그 땀을 계속 뿌리며 달려왔어."

"설마……, 너……."

"그래, 알고 있다."

성실이는 지글이의 앞으로 천천히 다가오며 외쳤다.

"저 개미들은 너의 땀 속에 있는 포도당의 달콤함을 쫓아온 것이다! 즉, 너는 탄수화물이야!"

"털썩!"

망연자실한 지글이는 무릎을 꿇어앉는다. 성실이가 계속해서 말한다.

"처음 네 방에 갔을 때는 몰랐어. 그저 네가 벌레를 싫어해서 살충제가 많다고 생각했지. 하지만 만약 네가 탄수화물이라면 그건 매우 당연한 이야기가 되지. 자신의 방에 흘린 땀 속의 포도당으로 인해 벌레가 모여들기 때문이야. 둥실이가 살이 찌는 것도 탄수화물이 지방으로 바뀌어 체내에 저장이 되었기 때문이야. 어때? 만일 내가 틀렸다면, 포도당 검출약인 베네딕트용액에 네 머리카락을 넣고 가열해 보자고!"

지글이는 조용히 고개를 든다. 그리고 망연자실한 표정으로 조용히 말하였다.

"아니, 그럴 필요 없어. 네 말대로 난 탄수화물, 단당류의 포도당이야."

무거운 정적이 흐른다. 둥실이는 큰 충격을 받은 듯 비틀거리더니 소파에 쓰러지듯 앉는다. 가만히 듣고 있던 몽글이가 질문한다.

"그럼, 여태까지 왜 속여 왔는지 말해 줄 수 있니?"

지글이는 뭔가를 말하려다가 입을 다물었다. 그러더니 다시 입을 열고 말하기 시작한다.

"사실 난 둥실이를 만날 때부터 내가 둥실이에게 맞지 않는 파트너란 걸 잘 알고 있었어. 그래서 나는 파트너를 바꾸기를 원했지. 그러나 그때마다 눈앞에 생생히 떠올랐어. 둥실이가 나에게 얼마나 상냥하고 친절히 대해 주었는지. 만약 헤어지면 이런 파트너와는 다신 만날 수 없을 거라는 생각이 들었어. 그래서…… 속였어."

지글이는 천천히 일어난다. 그는 주머니에 손을 넣고 집을 나가려 한다. 그는 현관문 앞에 멈춰 선다.

"지금까지 고마웠어, 둥실아. 그럼 안녕."

"턱!"

그때, 지글이가 나가려는 그때, 둥실이가 지글이의 소매를 잡았다. 그 바람에 그의 주머니 안에 있던 종이가 땅에 떨어졌다. 거기엔 '파트너 교환 서류'라고 적혀 있었다. 둥실이는 그것을 가만히 집어 든다. 그리고는…….

찢는다. 두 조각, 네 조각, 여덟 조각. 모두들 그 광경을 놀란 눈으로 쳐다본다. 둥실이가 조용히 말을 꺼낸다.

"난 아직 너를 내 파트너로 그만 둔다고 말한 적 없어. 네가 무슨 영양소든 넌 내 파트너야! 그러니 앞으로도 계속 내 옆에서 날 도와줘, 파트너."

둥실이와 지글이는 활짝 웃으며 서로 껴안는다. 옆에 보고 있던 몽글이가 말한다.

"저걸 보니 우리도 껴안아야

되겠는데?"

성실이가 몽실이를 피하며 말한다.

"제발. 난 그런 개그캐릭터가 아니야. 밥이나 먹으러 가자."

그때, 지글이가 말한다.

"잠깐. 밖은 아직 덥잖아. 저녁은 함께 먹고 가자. 오늘 일을 감사하는 뜻에서 내가 밥을 만들어줄게."

그 말을 듣고 성실이와 몽글이가 소리친다.

"와우! 그거 좋은 걸."

"오호, 감사히 먹으마!"

모두들 분위기가 올라가 있을 때, 네 명 중 하나가 말했다.

"아니. 그 전에 우선 이걸……."

바닥의 개미들.

"개미부터 처리하자. 개미부터."

그들의 수난은 아직 끝나지 않았다.

이야기 속 학습 내용			
학년	고등학교 2학년	과목	생명과학
단원	소화	주제	영양소

1 영양소의 종류와 기능

주영양소	탄수화물	1g당 4kcal 가장 주된 에너지원 지방으로 전환되어 피부 밑에 저장되기도 함
	지방	1g당 9kcal 몸을 구성함, 세포막의 주성분 스테로이드계 호르몬을 만드는 데 필요함
	단백질	1g당 4kcal 효소, 호르몬, 세포의 구성 성분이 됨
부영양소	물, 비타민, 무기염류	몸을 구성함 생리작용을 조절함

2 주영양소

가. 탄수화물

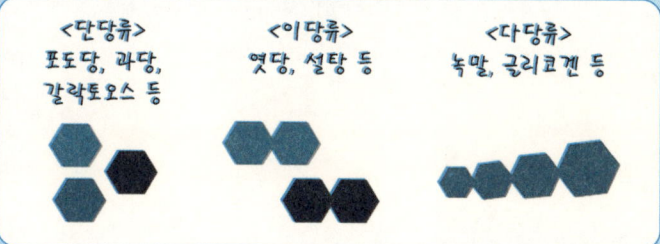

나. 지방

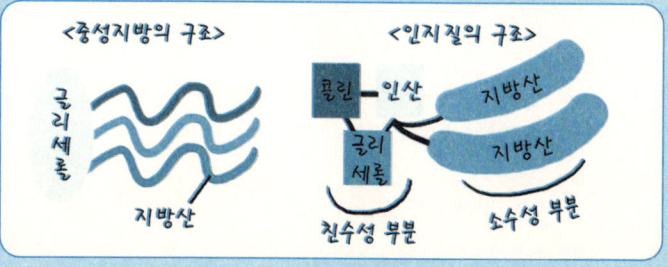

다. 단백질

3 부영양소

가. 물

① 생물체 몸 속의 물질을 운반하는 역할을 한다.

② 화학 반응을 일으켜 몸에 필요한 물질을 만들어낸다.

③ 비열이 크기 때문에 땀은 체온을 쉽게 낮춘다.

나. 무기염류

① 몸의 구성 성분이 되며, 에너지원으로 쓰이지 않는다.

② 생리작용 조절에 쓰인다.

다. 비타민

① 지용성 비타민 : A(레티놀), D(칼시페롤), E(토코페롤), K(필로퀴논)

② 수용성 비타민 : B(B₁, B₂, B₃ 등 종류가 많음), C(아스코르브산)

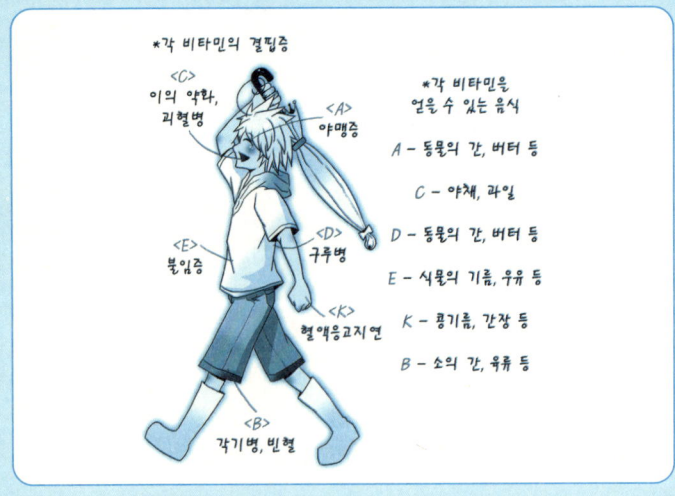

Storytelling and Life Sciences

소화-소화

똥은 어떻게 만들어질까?

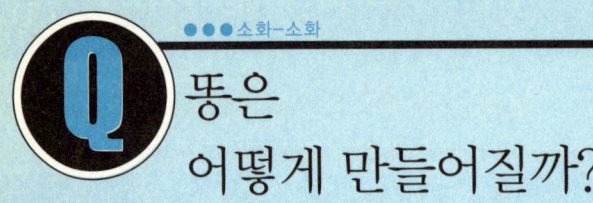

Q 똥은 어떻게 만들어질까?

'부웅~ 끼이익~!'

오늘도 어김없이 태왕 아파트 앞 버스 정류장에 버스가 도착했다. 버스 문이 열림과 거의 동시에 번개같이 뛰쳐나오는 한 사람.

'쿵쿵쿵쿵쿵!'

"라스트 5분! 이 정도면 충분해!"

그는 바로 K고등학교 2학년 1반 남근형이다. 등교 시간 5분을 남기고 교문을 통과하기 위해 젖 먹던 힘까지 다해 뛰는 근형이.

"5, 4, 3, 2, 1!!! 교문 닫아!"

그러나 학생부장 선생님의 한 마디에 일제히 교문은 닫히고 만다.

'철커덕'

조금만 더 빨리 뛰었다면 지각을 면할 수 있었는……. 허탈한 표정을 감추지 못한 채 그는 결국 자신을 포함한 다른 몇몇 지각생들과 함께 학생부장 선생님의 앞으로 힘없이 걸어갔다.

"지각생 전체, 엎드려!!"

기세등등하게 웃으며 소리치는 학생부장 선생님. 그 한 마디에 지각생 일동은 재빨리 선생님 앞에 일렬로 엎드린다.

"이 짜식이~ 어제는 아슬~ 아슬~ 하게 들어오더니, 오늘은 지각을

했군.“

“쌤, 한번만 봐주세요! 내일부터는 정말 일찍 올게요! 네? 쌤!“

그러나 이건 완전 소 귀에 경 읽기도 아니고, 선생님은 들은 척도 하지 않으신다. 오히려 썩소를 날리며 이 순간을 즐기는 듯한 선생님의 모습에 근형이는 체념한다.

“안 돼~~!!!!!”

“푸하하하~!!! 뭐냐 쟤!! 크크!! 갑자기 자다가 안 된다니!!!”

“그러게 말이야~! 나는 완전 곰인 줄 알았다! 곰!”

“킥킥킥! 야! 근형아! 뭔 꿈 꿨냐? 누가 너 잡으러 오디? 아니면 누가 먹을 거 뺏아갔냐? 킥킥!”

그렇다.

그는 꿈을 꾼 것이다.

주위에는 근형이의 포효에 놀라서 얼떨떨하게 쳐다보는 아이, 그러거나 말거나 하던 공부를 계속하는 아이, 책보는 아이, 웃으면서 놀려대는 아이, 엎드려 자는 아이 등, 각양각생의 모습들이 보였다.

지금은 오전 7시 20분, 아침 자습 시간이다.

아침을 먹다가 급히 뛰쳐나와 학교에 온 그는 피곤한 탓에 잠시 책상에 엎드려 있었는데 잠이 든 것이었다. 역시 1반의 분위기 메이커답게 아침부터 아이들에게 큰 웃음을 주는 근형이었다.

‘꾸르르르릉. 꾸르릉. 꾸릉.’

그때 갑자기 소식이 왔다.

‘아! 배아파!!’

그는 휴지를 들고 재빠르게 화장실로 달려갔다. 아침에 밥 먹을 시간도 충분치 않았기에 모닝똥을 쌀 여유는 더더욱 없었을 터. 엎드려 자다가 소리지르고 갑자기 화장실까지 가는 그 황당한 광경에 교실은 이미 웃음바다가 되었다.

"품!! 푸하하하하!! 자다가 똥 마려워서 깼나 보다! 크크큭!"

"하하하하하!! 역시 근형이 짱이다!! 개그맨 해도 되겠다. 큭큭!"

그 짧은 시간에 쪽팔림과 긴박함을 동시에 느낀 그는 식은 땀을 삐질 삐질 흘린다.

"아……, 쪽팔려……. 그 상황에서 배가 아프냐? 흐으읍……! 흡……! 하아~, 시원하다……."

그 순간 아래쪽에서부터 스멀스멀 올라오는 지독한 냄새가 근형이의 코를 자극하다 못해 마비시키려 했다. 아무래도 어제 먹은 고구마가 문제였던 것 같다고 생각하며 물을 내린다. 그러다 그는 보지 말았어야 하는, 그 모습을 보고야 마는 실수를 저지르고 말았다. 아무리 자기 몸에서 나왔다고는 해도, 매일 보는 거라고는 해도, 볼 때마다 더럽다는 생각뿐. 그 순간 근형이의 머리를 스치는 한 생각.

'똥…… 이게 도대체 뭘까? 내가 뭘 먹든 간에, 매번 이 냄새나고 더러운 똥이 몸 밖으로 나온다……. 도대체 음식을 먹으면 몸 안에서 어떤 일이 일어나는 거지?'

그는 만족스런 표정을 지으며 손을 씻고 나와, 바로 학교 도서관을 찾아간다. 아침 시간이라서 그런지 아직 도서관에는 아무도 없는 듯했다. 그는 '과학'이라고 쓰여진 안내 팻말이 걸려 있는 책장으로 갔다.

'눈의 비밀…… 인류의 진화…… 유전…… 물의 신비…… 소화의 과정………… 소화의 과정?'

그는 그 책을 책꽂이에서 빼내서 제목을 읽어보았다.

"소화의 과정! 영양소 도둑과의 추격전……?"

그는 다음 장을 넘겨보았다.

'우리가 먹는 많은 음식물들은 여러 가지 영양소를 가지고 있습니다.

크게 탄수화물, 단백질, 지방, 비타민 정도로 나눌 수 있지요. 매끼 식사마다 먹는 밥. 이 밥이라는 것은 탄수화물 덩어리라 할 수 있어요. 단백질의 예로는 육류나 생선, 달걀 등이 있고, 지방은 참기름 같은 것들을 예로 들 수 있죠. 우리 몸이 이런 것들을 받아들이고 나면, 과연 어떻게 처리할까요?

우선, 입 안으로 들어오면 치아에 으깨지면서 잘게 부서집니다. 크기가 작을수록 소화하기 쉽기 때문이겠죠. 이러한 물리적 변화 이외에도 체내의 여러 가지 소화효소에 의한 소화도 일어납니다. 효소는 '기질 특이성' 때문에 하나의 표적기관에만 작용합니다. 예를 들면 밥은 '아밀라아제'라는 효소에 의해서만 소화됩니다. 바쁠 때 자주 해 먹는 계란 프라이는 '펩신'이라는 효소에 의해 소화됩니다. 지방은 소장에서 소화되는데, '쓸개즙'이 지방을 유화시키고(유화란 쉽게 말해 잘게 떼어놓는 것을 말함) '리파아제'가 작용하여 소화가 일어나죠.

우리 몸은 이러한 많은 과정을 통해 음식물을 소화시키고 있는 것입니다……'

그러면서 몇 장을 더 넘겨보다가 그는 책갈피가 꽂혀 있는 것을 발견한다. 순간, 호기심이 발동한 그는 망설임 없이 책갈피가 꽂힌 쪽수를 펼친다. 그런데 펼침과 동시에 번쩍거리는 빛과 함께 근형이가 사라지고 그 자리에는 책 한 권만이 덜렁 남았다.

소화 이야기

'헉헉헉……, 따돌린 건가……?'

그때 어디선가 사이렌 소리가 들려온다.

'띠용~ 띠용~'
"너희는 포위됐다! 그만 항복하고 순순히 두 손을 머리 위로 올려라! 그렇지 않으면 발포하겠다!"

저 멀리서 쩌렁쩌렁한 확성기 소리가 울려 퍼지고 있었다.

'안 돼! 이럴 수가! 어떡하지…… 문도 닫겨 있고……, 이대로는 잡히고 말아…… 젠장!'

점점 포위망을 좁혀오는 경찰들. 경찰들은 계속해서 다가오지만 그들은 어쩔 수 없이 닫긴 문(항문)을 등지고 뒷걸음질칠 수밖에 없었다.

"가까이 오지 마! 오지 말란 말이야!"
"다시 한 번 말한다! 너희는 포위됐다. 항복해라! 그러면 지금까지의 모든 일들을 없던 일로 하겠다!"
"흥! 우리가 바보인 줄 아나! 누가 그런 말에 속을 줄 알아?"

"그래봤자 더 이상 갈 곳도 없을 텐데? 그만 포기하고 이쪽으로 오라니까!"

"웃기지 마! 아무도 우리를 잡을 순 없어! 가자, 애들아!"

그들은 힘을 합쳐 닫친 문을 밀기 시작했다.

"흥! 그래도 소용없어! 1부대, 2부대! 저 자식들을 체포해!"

'쾅!'
'쾅!'
'쾅!!!!!'

그 순간 굳게 닫혀 있던 문이 활짝 열리며 그들은 잇달아 문 밖으로 밀려나가 탈출에 성공한 듯 보였다.

"와~! 살았다! 우리가 해냈어! 탈출한 거야!"

"이얏호! 저 자식들 얼떨떨한 표정 좀 봐! 참 가관이군!"

이젠 정말로 경찰들을 따돌렸다는 안도감에 그들은 기쁨의 환호성을 지른다.

"그러게 말이야! 어……? 근데 여기가 어디지? 수영장인가?"

"수영장? 수영장 치고는 너무 깊지 않나?"

"그렇다면 이……, 이건……?"

"앗! 이건 함정이었어! 함정! 여긴 변기 속이야!"

"안 돼!! 물 내리지 말란 말이야! 살려줘!!"
"아악!!"

＊＊＊

'전주비빔밥파' 그들은 전국에서 가장 많은 영양소를 소유하고 있기로 유명한 조직이다.

탄수화물, 단백질, 지방을 포함해 5대 영양소를 모두 다 가지고 있는 그들은 경찰들도 쉽게 잡기 어려운 지명 수배자들이다. 경찰들의 임무는 바로 도둑들을 체포함으로써 그들로부터 압수한 영양소를 통해 신체가 원활하게 돌아갈 수 있도록 하는 것이다.

＊＊＊

"야! 새치기 하지 마!"
"안 했거든? 여기 원래 내 자리거든?"

여기는 K고등학교. 석식시간인 모양이다. 완전 전쟁터를 연상케 하는 진귀한 풍경이다. 어차피 다 먹게 될 텐데 왜들 그리 먼저 받겠다고 난리들인지.

오늘 메뉴는 전주비빔밥이다. 따끈따끈한 쌀밥에 여러 가지 나물, 태양초 고추장에, 마지막으로 계란프라이가 올려져 있다. 이건 정말 둘이 먹다 하나 죽어도 모를 정도로 맛있어 보인다.

근형이도 맛있게 밥을 먹는다. 아니, 먹는 게 아니라…… 마신다……. 아닌가……? 흡입……한다?

(근형이의 입 안)

입 속에 들어온 전주비빔밥과 일원들은 한데 모여 이야기를 주고 받고 있다.

"이거 이거, 기분이 묘한 걸? 왠지 누군가가 쫓는 것 같아."
"걱정마라 짜식아! 아무도 없구만 뭐."

그 순간, 입 안이 위아래로 크게 요동치기 시작했고 그 충격에 몇몇 일원들이 이 사이에 끼어 짓눌렸다. 형체를 알아보기 힘들 정도로 잘게 부서진 그들 중 '쌀밥'이라는 이들은 경찰들이 풀어 놓은 '아밀라아제'라는 수색견들에게 물렸다. 아밀라아제에 물린 이들은 엿당으로 분해되고 나머지는 '덱스트린'이라는 것으로 변장하여 목구멍으로 도망쳤다. (덱스트린은 미처 엿당으로 분해되지 못한 채 식도로 넘어가게 된 것들을 통틀어 이르는 말이다.)

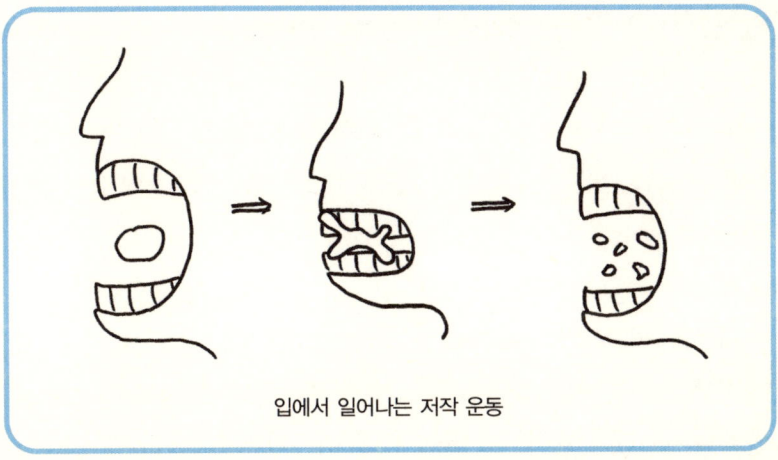

입에서 일어나는 저작 운동

"어서 도망쳐야 해! 경찰이 따라붙는 것 같아! 영양소를 빼앗길 순 없지."

"식도를 타고 도망가자!"

식도는 일종의 엘리베이터와 같은 역할을 하는 통로이다. 식도는 꿈틀 꿈틀거리는 연동운동을 하여 그들을 위까지 내려 보냈다.

위는 '전주비빔밥'의 임시집결소이다. 평소 크기는 발바닥 하나 정도 이지만 들어오는 인원이 많아지면 크기가 늘어나서 더 많은 양을 수용할 수가 있다. 그래서 경찰들에게 쫓기는 많은 도둑과 조직원들이 이곳에 몸을 피하기 위해서 찾아오는 경우가 허다하다. 그러나 들리는 소문에 의하면 그곳은 이미 경찰들이 풀어놓은 스파이들에 의해 장악되었다고 했다. 하지만 지금 그들에겐 다른 방도가 없지 않은가. 이 상태로 경찰들 에게 잡히면, 가지고 있는 영양소도 빼앗기게 될 것이고, '전주비빔밥 파'의 명성에 먹칠을 할지도 모른다. 감방생활을 끝내고 다시 두목을 찾 아 간대도……, 아니 찾아갈 면목도 없고, 만약 찾아 간다면 그들의 목숨 이 남아 있지는 못할 것이다.

"자! 어서들 서둘러! 이러다가 모두 잡히겠어!"

그들은 허겁지겁 도망쳐 오다가 무사히 위에 도달했다. 식도로부터 계 속해서 밀려나오는 동료들에게 짓눌려서 그들은 서로의 등에 겹겹이 쌓 여버렸다.

"좀 저리 비켜!"

"아악 내 다리! 거기 너! 머리 좀 들어 봐!"

"숨을…… 못 쉬겠어…… 읍…… 살…… 살려줘……."

여기저기서 난리다. 경찰에게 잡히기 전에 지들끼리 끼여 죽겠다. 아직 경찰의 모습이 보이지 않는 것을 보니 잠시 한숨 돌릴 수 있을 듯했다. 그런데 갑자기.

"야, 계란프라이. 너 왜 이렇게 느리냐? 너 때문에 잡힐 뻔 했다고!"
"미……. 미안…… 해. 난 아까 쌀밥들이 대부분 입 안에서 엿당으로 분해될 때 나는 미처 변장을 할 수가 없어서 너희처럼 몸을 크게 줄일 수 없었어……. 미안해. 이젠 신속하게 이동할게."

계란은 단백질이므로 '아밀라아제'의 표적 대상이 아니었다. 그래서 계란프라이는 입에서 소화되지 못하여 덩어리진 채로 내려와 입자가 작은 엿당보다 둔할 수밖에 없는 노릇이었다. 계란프라이는 진심으로 미안해 했지만 그는 계속해서 계란프라이를 다그쳤다.

"둔해도 너무 둔하다. 이대로 더 가다가는 너 때문에 발목 잡히고 말 거야."

그때 갑자기 뒤에서 들려오는 한 마디.

"야, 너. 계란프라이한테 너무 심하다고 생각 안 드냐?"
"뭐가 심해? 난 사실을 말했을 뿐이라고. 안 그래? 영화도 안 봤냐? 꼭 보면 도망치거나 이럴 때, 괜히 같이 다니면 짐 되는 놈들 때문에 위기를 맞게 된다고. 난 그렇게 되고 싶지는 않걸랑. 다들 이렇게 생각하고 있는 거 아니었냐?"
"전혀 아닌데. 넌 정말 싸가지가 없는 것 같다. 네가 제일 나쁜 놈이야."

"뭐, 이 바보들이랑 있어봤자 나만 손해지. 그럼, 여기서부터는 나 혼자 가도 충분할 것 같으니 난 혼자 가겠어."

"너야말로 영화를 안 봤구나."

"뭐야?"

"꼭 그렇게 혼자 살겠다고 뛰쳐나가는 놈들이 제일 먼저 희생되는 영화는 안 봤나 보구나?"

"모…… 몰라!! 그딴 건!! 어쨌든 잘해 봐라. 이 멍청한 것들!"

그렇게 조직원 중 한 놈이 혼자 살겠다고 무리를 뛰쳐나갔다.

그때였다.

위벽에서 무언가가 흘러나오기 시작했다. 그리고는 아까 혼자 뛰쳐나갔던 그놈을 단숨에 삼켜버렸다. 위액이 왜 음식물을 덮친 것일까? 자세히 보니 뛰쳐나갔던 그는 세균이었다.

그랬다. 위액은 위에 들어온 음식물 중에 같이 들어온 세균을 없애는 멸균 작용을 하였던 것이다. 다른 일원들이 재수없는 놈이 사라져서 속 시원하다는 듯이 말했다.

"그렇게 잘난 체하더니, 꼴 좋~다. 이놈아!"

"그러게 말이야~ 어? 계란프라이! 왜 그래?!"

"저……. 저길 봐……."

그가 말을 더듬으면서 손가락으로 가리킨 곳에는 고추장 속에 섞여 있었던 조그마한 소고기 덩어리 한 조각이 있었다.

'아뿔싸, 큰일났다.'

그 순간, 몇몇 조직원들은 이미 눈치를 채고야 말았다. 소고기는 위벽에 대고 귓속말을 하고 있었다.

'지금 모두가 한 눈을 팔고 있어. 지금이야! 위액을 분비해서 계란프라이를 체포해!'

"그랬구나! 소고기 저놈이 그 말로만 듣던 스파이였어!"

"흥, 경찰들이 자기들을 도와주면 날 잡지 않겠다고 해서 협조한 것뿐이야."

"그런 말 따위에 쉽게 넘어가다니……. 쯧쯧!"

"넘어간다니……. 아니지~ 난 협상을 한 거야. 협상!"

소고기는 그들이 한심하다는 듯이 말했다.

"너희는 곧 소장에 도착할 거야. 그럼 모두 잡히고 말걸? 후훗."

그러자 그들은 분하다는 듯이 말했다.

"이 자식…… 모든 걸 알고 있었는데 우릴 속였어…….'"

"나만 살면 돼! 아까 세균이 말한 대로 너희는 짐일 뿐이야!"

"크흑……."

소고기는 위벽의 옆에 붙어 서서 여유로운 미소를 머금으며, 계란프라이에게 철커덕 하고 수갑이 채워지는 그 모습을 재미있다는 듯 쳐다보았다. 그런데 그 순간, 또 한 번 들려오는 '철커덕' 하는 소리.

"뭐…… 뭐야!"

"협상은 무슨 얼어 죽을 협상을 했다는 건가. 우린 그런 거 한 적 없어. 홋, 단지 널 이용했을 뿐이지. 너도 계란과 마찬가지로 단백질을 가지고 있지 않은가? 그럼, 너도 똑같이 범죄자가 되는 거야. 예외란 없어!"

"이…… 이럴 수가……! 나를 속이다니……. 크흑…… 분하다……."

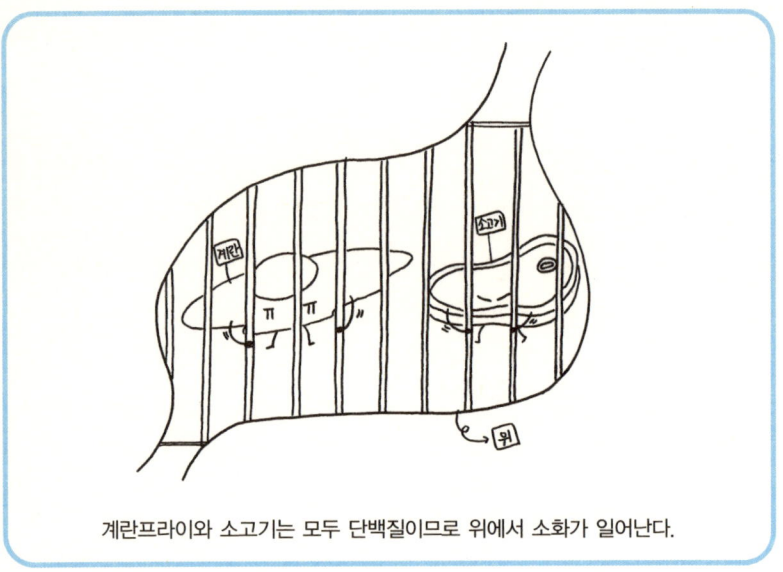

계란프라이와 소고기는 모두 단백질이므로 위에서 소화가 일어난다.

경찰이 소고기를 체포하는 동안 조직원들은 그 틈을 타 몰래 위액 속에 녹아 들어가서 몸을 숨겼다. 그들은 좀 느리지만 그렇다고 잡히지는 않을 정도의 속도로, 위의 끝부분인 '유문'에 도착했다. 유문의 건너편, 그러니까 '십이지장'이라는 곳에는 이들의 동료들이 닫힌 유문을 열어 주려고 기다리고 있었다. 조직원들이 유문을 두드리자 건너편에서 목소리가 들려왔다.

"이제 왔는가? 내가 곧 유문을 열어줄 테니 조금만 기다려! 어서 빨리 이자액과 쓸개즙을 분비시켜서 십이지장을 알칼리성으로 만들자!"

십이지장 내부는 이자액과 쓸개즙의 작용으로 알칼리성이 되었고 결국 유문을 열어서 기다리고 있던 동료들이 넘어올 수 있도록 해주었다. 그때 문득, 아까 잡혀갔던 소고기가 했었던 말이 갑작스레 그들의 머리에 떠올랐다.

'너희는 곧 소장에 도착할 거야. 그럼 모두 잡히고 말걸? 후훗.'

무사히 소장으로 넘어온 사실에 대해 안심했지만 그것도 잠시, 너무나도 조용한 소장의 분위기 때문에 그들은 다시금 불안감을 느끼기 시작한다.

"이곳은 길이가 무척 길기 때문에 가장 힘든 곳이 될지도 몰라. 그렇지만 탈출하기 위해선 이곳을 지나는 것 밖에 달리 방도가 없어. 다들 뒤처지지 말고 잘 따라오도록 해."
"알겠어. 그런데 여기, 보기보다 넓은 것 같지 않아?"
"응, 그런 것 같은데? 이 털처럼 생긴 것 때문인가?"

한 조직원이 그 털 하나를 건드린다. 그러자 그들이 소장에 도착하기 전부터 잠복하고 있었던 두 명의 형사와 한 마리의 개가 갑자기 벽에서 튀어나왔다. 이들은 '아밀라아제'와 '트립신', 그리고 '리파아제' 였다. '아밀라아제'는 아까 쌀밥을 물어 엿당으로 분해시킨 수색견이었다. 그럼 '트립신'과 '리파아제' 형사는?

"기다리고 있었다. 이런 도둑놈들. 어서 항복하고 영양소를 돌려주시지!"

"소고기가 말한 게 고작 이건가? 별거 아닌 거 같은데~, 그렇게 큰 소리칠 자신 있으면 직접 가져가 보시지. 세 명 밖에 없는 걸 보니 오히려 우리가 수적으로 우세한데 그 근거 없는 자신감은 도대체 어디서 나오는 거냐. 하하하."

"훗, 아직까지도 눈치를 못 채고 있는 건가. 불쌍한 녀석들이구만. 설마 우리 셋 뿐이겠는가."

그들은 그 말의 의미를 알 수가 없었다. 그렇지만 이론상으론 저 형사들을 밀어붙인다면 수적으로는 그들이 더 유리할 터. 그들은 결국 힘을 합쳐 그들을 제압하기로 결정했다.

"애들아. 하나, 둘, 셋 하면 다 같이 몰아붙이는 거야!"

"하나~ 둘~ 셋!!"

그때였다!

'삐~용~ 삐~용~ 삐~용~'

'이게 무슨 소리지……?'

"융털에 잠복중인 모든 형사들에게 알린다! 현재 전주비빔밥파의 마지막 남은 도망자들이 소장에 도착해 있다! 어서 빨리 융털에서 나와 이들을 체포하라! 다시 한 번 알린다! 현재 전주비빔밥파의 마지막 남은 도망자들이 소장에 와 있다! 어서 빨리 융털에서 나와 이들을 체포하라!"

그다지 넓지 않아 보였던 융털 사이사이에서 엄청난 숫자의 형사들이 튀어나왔다. '융털'은 소장의 면적을 최대로 넓히기 위한 일종의 특수 장치인 셈이었다.

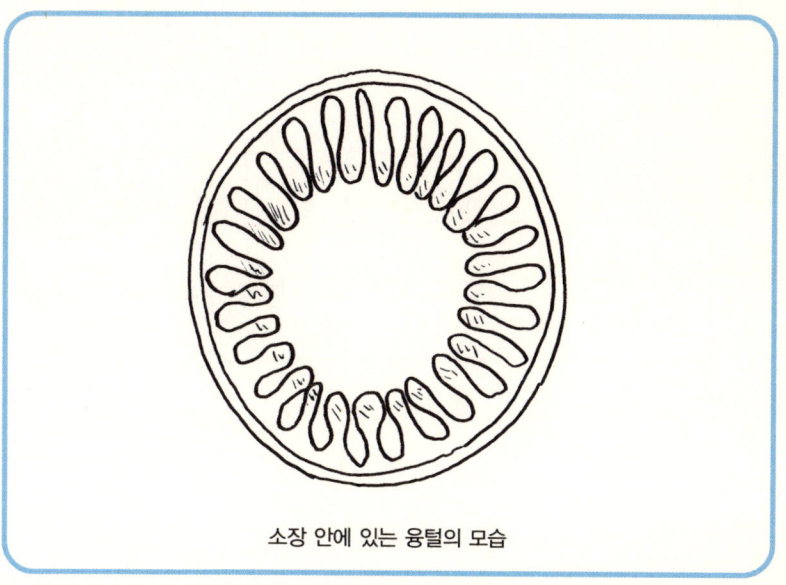

소장 안에 있는 융털의 모습

순식간에 그들을 포위해 버린 형사들은 사정없이 그들을 제압하고 체포하기 시작했다. 탄수화물들은 '아밀라아제'가 녹말을 엿당으로의 분해시키는 과정에서, 단백질은 '트립신'이 디·트리펩티드로 분해시키는 과정에서 잡혀갔다. 마지막으로 지방은 아직까지 입 또는 위에서 그들을 잡아갈 경찰들이 등장한 적이 없었으므로 대다수가 살아남아 있었다. 하지만 그들도 결국, 간에서 생성되고 쓸개에 보관되어 있던 '쓸개 즙'과 이자액에 들어 있는 '리파아제'가 지방을 지방산과 글리세롤로 분해할 때 잡히고 말았다.

소화관·소화액 / 영양소	입 (pH7) 침	위 (pH2) 위액	소장 (pH8.5) 쓸개즙	이자액	장액	최종산물
탄수화물	(녹말) 아밀라아제			아밀라아제	말타아제	포도당
단백질		펩신		트립신	펩티다아제	아미노산
지방			쓸개즙 유화	리파아제		지방산 + 글리세롤

영양소별 소화 과정

7m나 되는 소장을 지나는 동안, 가지고 있던 거의 모든 영양소를 경찰에게 다 빼앗기고 찌꺼기만 남은 조직원들. 살아나가고자 하는 마음에 대장까지 죽기 살기로 도망쳐온다.

(대장 내부)

'설마 이곳까지 경찰이 와 있을까. 흠……. 어딜 봐도 경찰의 흔적을 찾을 수 없군. 여기까지 오진 않을 거야. 휴……. 한숨 돌릴 수 있겠군.'

"우리 이제 어쩌면 좋지? 지금도 소장에서는 우리가 버리고 온 동료들이 경찰서로 끌려가고 있을 거야. 생각만 해도 끔찍해."

"이럴 때일수록 힘을 합쳐야 한다고 생각해. 우리 서로 뭉쳐서 서로 손을 꽉 붙들고 출구를 찾자."

"그래, 좋은 생각이야. 자! 내 손을 잡아!"

갑자기 그들은 동료애가 샘솟아나 서로 손에 손을 붙잡고 하나의 큰 덩어리를 이룬 채 출구를 찾기 시작했다. 하지만 아무리 걸어가도 조그 만 불빛조차 찾을 수 없었다. 얼마나 걸었을까. 그들은 또 무언가 이상한 낌새를 알아차렸다. 발걸음이 무거워졌다고 느낄 정도로 몸이 둔해졌다. 또한 어디선가 역겨운 가스 냄새가 흘러나와 코를 찔렀다. 도대체 이 곳 에서는 무슨 일이 일어나고 있는 것일까……?

(1시간 전 소장 내부)

"여기는 소장! 여기는 소장! 대장에 있는 경찰들에게 알린다! 지금 즉 시 수분흡수 장치를 설치해 두도록 하라! 다시 한 번 알린다! 빠른 시간 안에 수분흡수 장치를 설치하라!"

"예! 명령대로 하겠습니다! 그런데 수분흡수 장치는 뭐하시려고 그러 십니까?"

"자네도 알다시피 대장의 기능은 그리 많지 않아서 제대로 할 수 있는 일이라곤 수분흡수 밖에 없지 않은가. 만약 혼란스러운 틈을 타 도망치 는 놈들이 있더라도 수분을 빼앗아 진행 속도를 느리게 하면 우리가 쫓 아가서 체포하는데 많은 도움이 되지 않겠는가?"

(다시 대장 내부)

그렇게 출구를 찾아 무거운 발걸음을 옮기던 조직원들은 결국 유일한 출구인 항문이 막혀 있는 모습을 보게 되고, 실망감과 좌절감을 느끼며 이제 다 끝이라고 탄식하기 시작했다. 그렇게 탄식을 하고 있는데, 경찰이 그 탄식하는 소리를 따라 그들을 찾아오고 있었다. 그들은 그 사실을 알아채고는 재빠르게 그곳을 벗어나야만 했다.

* * *

'헉헉헉…… 따돌린 건가……?'

그때 어디선가 사이렌 소리가 들려온다.

'띠용~ 띠용~'
"너희는 포위됐다! 그만 항복하고 순순히 두 손을 머리 위로 올려라! 그렇지 않으면 발포하겠다!"

저 멀리서 쩌렁쩌렁한 확성기 소리가 울려퍼지고 있었다.

'안 돼! 이럴 수가! 어떡하지…… 문도 닫겨 있고……, 이대로는 잡히고 말아…… 젠장!'

점점 포위망을 좁혀오는 경찰들. 경찰들은 계속해서 다가오지만 그들은 어쩔 수 없이 닫힌 문(항문)을 등지고 뒷걸음질칠 수밖에 없었다.

"가까이 오지 마! 오지 말란 말이야!"
"다시 한 번 말한다! 너희는 포위됐다. 항복해라! 그러면 지금까지의 모든 일들을 없던 일로 하겠다!"

"흥! 우리가 바보인 줄 아나! 누가 그런 말에 속을 줄 알아?"

"그래 봤자 더 이상 갈 곳도 없을 텐데? 그만 포기하고 이쪽으로 오라 니깐!"

"웃기지 마! 아무도 우리를 잡을 순 없어! 가자, 애들아!"

그들은 힘을 합쳐 닫힌 문을 밀기 시작했다.

"흥! 그래도 소용없어! 1부대, 2부대! 저 자식들을 체포해!"

'쾅!'

'쾅!'

'쾅!!!!!'

그 순간 굳게 닫혀 있던 문이 활짝 열리며 그들은 잇달아 문 밖으로 밀려나가 탈출에 성공한 듯 보였다.

"와~! 살았다! 우리가 해냈어! 탈출한 거야!"

"이얏호! 저 자식들 얼떨떨한 표정 좀 봐! 참 가관이군!"

이젠 정말로 경찰들을 따돌렸다는 안도감에 그들은 기쁨의 환호성을 지른다.

"그러게 말이야! 어……? 근데 여기가 어디지? 수영장인가?"

"수영장? 수영장 치고는 너무 깊지 않나?"

"그렇다면 이…… 이건……?"

"앗! 이건 함정이었어! 함정! 여긴 변기 속이야!"
"안 돼!! 물 내리지 말란 말이야! 살려줘!"
"아악!!"
'쿠르르릉~ 쿠릉쿠릉~ 쏴아~~'

＊＊＊

여기는 경상고등학교 내부의 한 남자용 화장실.
근형이가 얼굴에 만족감이 가득한 채로 손을 씻고 화장실을 나선다.
그는 그렇게 웃으면서 뛰어갔다.
학교 도서관을 향해…….

이야기 속 학습 내용			
학년	고등학교 2학년	과목	생명과학
단원	소화	주제	소화작용

1 입에서의 소화

음식물이 제일 먼저 입으로 들어오면 우리는 그것들을 씹어서 잘게 부순다. 이것을 저작운동이라 한다. 또한 음식물 속의 녹말은 침샘에서 분비되는 침 속의 아밀라아제라는 효소에 의해 엿당과 덱스트린으로 분해된다.

그러나 대체로 입 안에서는 음식물이 오래 머물지 않기 때문에 아밀라아제에 의한 녹말의 분해는 극히 적다. 음식물을 삼키게 되면 식도를 거쳐 위에 도달하게 된다.

2 위에서의 소화

위에 도달한 음식물은 위액과 골고루 섞이게 되면서부터 본격적으로 소화가 시작된다. 펩신은 펩시노겐이 염산에 의해 활성화된 소화액인데, 이것은 단백질을 폴리펩티드로 분해시킨다. 염산은 펩신을 활성화시키는 역할이외에도 음식물에 있는 세균을 죽이는 살균작용을 한다.

※유문반사

우리가 무언가를 먹었을 때에 그것이 위를 지나면서 위액 때문에 액성이 산성이 된다. 그러나 음식물이 위액 정도의 강한 산성 상태로 소화기관을 계속 거치게 되면 많은 염증을 발생시키고 소화 장애를 일으키는 심각한 결과를 초래할 수 있다. 이것을 막기 위해 위에서 십이지장으로 넘어가는 사이에 유문이 있어 음식물을 조금씩 내려보내어 십이지장에서 충분히 중화되도록 한다. 십이지장이 산성일 경우에는 유문을 닫아 음식물이 더 이상 내려가지 못하게 하며, 십이지장이 충분히 중화되었을 때에는 유문을 열어 위의 산성 음식물을 내려 보내게 되는데, 이를 유문반사라고 한다. 이때 십이지장을 중화시키는 물질은 이자액에서 나오는 탄산수소나트륨이다.

3 소장에서의 소화

가. 이자액의 소화 작용

이자액에는 아밀라아제, 트립신, 리파아제 등 3대 영양소의 소화효소가 모두 포함되어 있다.

- 아밀라아제 : 녹말(입에서 미처 소화되지 못한) → 엿당
- 트립신 : 폴리펩티드 → 디트리펩티드, 트리펩티드
- 리파아제 : 지방(쓸개즙에 의해 유화된) → 지방산, 글리세롤

나. 쓸개즙의 소화 작용

　　대다수의 사람들이 쓸개즙에 대해서는 많은 오개념을 가지고 있다. 쓸개즙이 쓸개에서 만들어지는 것인 줄 알지만 사실은 간에서 만들어지고 쓸개에 저장된다. 쓸개즙에는 소화 효소가 들어 있지 않다. 그러나 리파아제가 지방을 분해할 때 지방을 유화(덩어리진 물질을 하나하나씩 떼어놓는 작용)시키는 중요한 역할을 하는 훌륭한 조력자이다.

다. 장액의 소화 작용

　　융털 사이사이에 있는 장샘으로부터 나오는 장액에는 각종 영양소를 흡수 가능한 최종 상태로 분해하는 소화 효소들이 들어 있다.

- 말타아제 : 엿당 → 포도당
- 수크라아제 : 설탕 → 포도당, 과당
- 락타아제 : 젖당 → 포도당, 갈락토오스
- 펩티다아제 : 디펩티드, 트리펩티드 → 아미노산

4 대장에서의 소화

대장에서는 다른 기관에서처럼 소화 효소의 분비로 인한 소화는 일어나지 않는다. 그 대신에 대부분의 영양소가 소장에서 다 빠져나가고 찌꺼기가 되어버린 음식물에서, 수분을 흡수하여 대변으로 만든 다음, 항문을 통해 몸 밖으로 배출시킨다.

Storytelling and Life Sciences

순환-면역

우리의 안전을 지켜주는 분은 경찰이다.
그런데 우리 몸 속은 누가 지켜줄까?

Q 우리의 안전을 지켜주는 분은 경찰이다. 그런데 우리 몸 속은 누가 지켜줄까?

우리가 사회에 나가 직업을 가지고 각자가 맡은 사회적 역할을 다하면서 나라를 유지해 가는 것처럼, 체내의 세포들도 각자 맡은 역할을 다하며 우리의 몸을 건강하게 유지하고 있다. 인류가 사회를 형성하여 협동하면서 살아오기 이전부터 이미 우리 몸 안의 세포는 스스로 체계를 갖추어 생명 유지라는 하나의 목표를 위해 열심히 활동하고 있는 것이다.

그 중에서도 백혈구는 우리 몸을 건강하게 유지하는 데 없어서는 안 될 가장 중요한 세포 중의 하나이다. 백혈구는 몸 바깥으로부터 침입하는 인체에 해로운 세균이나 바이러스 같은 '항원'을 없애고, 같은 항원이 다시 침입하더라도 빠르게 대처할 수 있도록 '항체'를 생성하여 면역을 시켜주는 역할을 하기 때문이다. 우리가 사소한 감기에 걸렸을 때 병원에 가지 않아도 스스로 낫는 것이 바로 이 백혈구 덕분이다. 심지어 백혈구는 우리 몸에 아무런 이상이 없을 때도 항원이 침입할 때를 대비하여 쉬지 않고 온 몸을 순찰하고 있다.

그렇다면 만약 우리 몸에 백혈구가 없다면 어떤 일이 벌어지게 될까? 당연히 면역 기능을 상실한 우리 몸은 여러 가지 세균의 침입을 그대로 허용하여 각종 질병에 쉽게 노출되게 될 것이다. 불치병으로 자주 거론되는 에이즈(AIDS : 후천성 면역 결핍 증후군)의 증상도 HIV라는 바이러스가 백혈구 중의 하나인 T림프구를 파괴하여 면역 기능이 저하되기 때문에 나타나는 것이다. 결국 HIV 자체가 무서운 것이 아니라, 백혈구가 결핍됨으로써 미치는 영향이 더욱 무서운 것이다.

우리 몸에 있는 수많은 종류의 세포들 중에서 백혈구 하나만으로도 이렇게 중요한 역할을 담당하고 있다. 그래서 나는 백혈구를 주제로 이야기를 써 보기로 했다. 직접 나오지는 않지만 이야기의 큰 배경이 되는 주인공은 오토바이를 타다가 사고가 나서 오른쪽 다리를 심하게 다친 상태이다. 이 이야기는 그때 우리 몸에서 일어나는 백혈구의 활동을 이야기로 꾸민 것이다.

백혈구 이야기

"할아버지, 잠이 안 와요. 재미있는 이야기해 주세요."

태일이는 골수에서 생겨난 지 얼마 되지 않아 아직 어린 백혈구다. 태일이처럼 어린 백혈구들은 성숙하여 몸 안에서 제대로 된 역할을 가질 수 있게 될 때까지 얼마간 성숙 기간을 거친다.

"그래, 우리 귀여운 태일이에게 오늘은 무슨 이야기를 해주면 좋을까? 그래, 오늘은 아주 무서운 이야기를 하나 해주마. 옛날 옛날에 H_1N_1바이러스라는 녀석이 있었는데……."

태일이 앞에서 이야기를 해주고 있는 백혈구는 정일이라는 이름을 가진 백전노장 대식세포이다. 태일이가 생겨날 때부터 태일이를 잘 돌봐주신 분이라 백혈구들 중에서는 태일이가 가장 믿고 따르는 분이다. 태일이라는 이름도 할아버지가 지어 준 것이다.

"그건 예전에 해주셨잖아요! 그리고 이제 그런 이야기들은 지겨워요. 다른 이야기해 주세요."
"허허, 우리 태일이가 무슨 이야기가 듣고 싶어서 이렇게 보채는고?"
"할아버지가 하시는 일에 대해서 알고 싶어요. 저도 이제 클 만큼 컸으니 백혈구가 하는 일에 대해서 알 때가 되기도 하고, 또 예전부터 궁금하기도 했고요."

　백혈구의 수명은 기껏해야 수일 내지 2주 정도밖에 안 된다. 고작해야 생긴 지 몇 분 지난 주제에 클 만큼 컸다는 말이 좀 웃기긴 하다. 앞에 있는 할아버지는 무려 2주가 넘도록 지내왔다. 백혈구의 평균 수명에 비하면 꽤나 오래 살아온 것이다. 태일이에게는 백혈구 생애의 대선배나 다름없는 분이니, 배울 점도 많고 필요할 때는 의지도 할 수 있을 만큼 믿음직하다.

　"음…… 그래, 너도 이제 몸 안의 면역체계의 일부를 담당할 정도로 성숙했단 말이지……. 좋아, 오늘부터 본격적으로 백혈구가 하는 일에 대해서 가르쳐주마. 백혈구는 기본적으로 침입한 세균을 먹어치우는 식균 작용과 체내에 침입한 항원에 대한 항체를 만들어 면역을 일으키는 역할을 한단다. 각 기능에 따라 백혈구들의 종류와 모양도 다양하지."
　"와~, 저도 그럼 그 다양한 역할들 중의 일부를 담당하게 되는 건가요?"
　"그렇지. 또 우리 백혈구들은 무정형(無定形)의 형태 덕분에 '혈관' 뿐만 아니라 그 외 체액 성분들이 지나는 통로인 '림프관'까지 모두 돌아다니면서 그 기능을 담당하게 되지."

　의욕이 넘치는 태일이었지만 갑자기 이러한 단어들을 한꺼번에 듣고 이해하려니 여간 혼란스러운 일이 아니었다.

　"에엑……? 무슨 말이에요. 더 자세히 설명해 주세요."
　"허허~ 좀 더 자세히 설명해 주마, 그러니까……."

드디어 할아버지로부터 백혈구가 하는 모든 일들에 대해 설명을 들은 태일이는 기뻐서 외쳤다.

"와아~, 백혈구가 하는 일들을 들으니까 당장이라도 백혈구 활동을 하고 싶은데요? 전 할아버지처럼 세균들을 직접 무찌르는 대식세포가 되고 싶어요! 그런데 시간이 벌써 이렇게 되었네요. 아함~ 졸려요. 전 이제 그만 자야겠어요."

"허허, 마음대로 하려무나. 나도 정신없이 이야기를 하다 보니 시간이 이렇게 된 줄도 몰랐구나. 잘 자렴."

할아버지는 불을 끄고 방 밖으로 나가면서 중얼거렸다.

"나는 개인적으로 면역계 쪽을 추천한다만……, 껄껄…….."

그 말을 태일이가 들었을지는 아무도 모르는 일이었다.

* * *

"모든 체내 세포에게 알립니다. 비상 사태입니다. 비상 사태입니다. 오른쪽 다리 허벅지 부위에 심각한 세균 감염이 감지되었습니다. 가까이 계신 대식세포들은 모두 오른쪽 다리 허벅지 부위로 모여 주시고, 세균들이 혈관을 타고 올라갈 수도 있기 때문에 나머지 분들은 위치에서 대기하여 주시기 바랍니다. 또한 상처 부위를 지나는 적혈구 분들은 특히 조심하시길 바랍니다."

"다시 한 번 알립니다. 비상 사태입니다. 비상 사태입니다……. 이것은 실제 상황입니다!"

주위에서 나는 요란한 소리에 태일이는 잠에서 깼다. 정신을 차려보니 누가 근처를 바쁘게 지나간 듯 주위는 온통 엉망이 되어 있었고, 태일이 외의 다른 백혈구 친구들은 이미 어디론가 가고 없었다.

'다들 어디로 간 거지?'

우두커니 서 있던 태일이는 밖으로부터 반복해서 들려오는 방송 소리를 듣고 정신이 번쩍 들었다.

'설마, 세균과의 전쟁인가? 정일 할아버지는 어디로 간 거지?'

태일이는 밖으로 나왔다. 대식세포들이 일사분란하게 어디론가 움직이고 있었고, 다른 세포들은 자기들끼리 수군덕대면서 호들갑을 떨고 난리를 치고 있었다. 모두 혼란 속에서 제정신이 아닌 듯 보였다. 태일이는 그들 중 하나에게 말을 걸려고 다가갔다.

"저기……."

말을 걸려던 찰나. 어떤 대식세포가 태일이를 확 돌려세웠다.

"너 여기서 뭐하고 있는 거냐? 다른 아이들은 벌써 자기들에게 배정된 림프샘에 가서 역할을 맡기기만을 기다리고 있는데 말이다!"
"저……, 늦잠을 자서요……. 죄송합니다."

"이런 비상 사태에 늦잠을 자다니! 빨리 가 보거라! 지금 상황이 말이 아니란다. 오른쪽 다리에 상처가 심하게 나서 세균들이 엄청나게 침입했다는구나!"

일반적으로 작은 상처라면 크게 문제 될 것이 없다. 세균이 침입할 틈도 없이 혈소판들이 와서 상처 부위를 메워 주기 때문이다. 그런데 상처 부위가 큰 경우에는 그 사이로 세균이 침입할 위험이 커지기 때문에, 세균의 감염으로 체내에 심각한 문제를 일으키기도 한다. 지금이 바로 그런 상황일 것이라고 태일이는 생각했다.

"알겠습니다! 지금 바로 가보겠습니다!"

태일이는 말을 마치자마자 곧바로 달렸다. 물론 림프샘이 아닌, 할아버지를 찾아서 말이다. 그에게는 지금 이 비상 사태에서 할아버지를 찾는 일이 그 무엇보다도 중요했다.

'할아버지는 어디 계실까? 역시 상처 부위겠지? 오른쪽 다리라고 그랬지? 그래, 그쪽으로 가다 보면 할아버지를 만날 수 있을 거야!'

할아버지를 만날 수 있을 것이라는 확신을 가지고, 태일이는 달렸다.

* * *

(상처 부위. 오른쪽 다리 허벅지 부근)

심하게 찢어진 상처 부위의 틈으로부터 벌떼같이 새카맣게 몰려오는 세균을 막기 위하여 대식세포들이 세균을 먹어치우면서 맞서 싸우고 있었다.

물론 정일 할아버지도 그곳에 있었다.

"돌격! 한치도 물러서지 마라! 틈을 보여서는 안 된다!"

그는 노장답게 노련한 지휘로 모든 백혈구 부대를 이끌고 있었다.

"대장님이 계시니 우리도 힘이 절로 나는 군요!"
"제군들 뒤에는 내가 있다! 적을 향해 맞서라!"

이미 할아버지의 얼굴에서는 태일이 앞에서 보였던 온화한 웃음과 말투는 찾아볼 수 없었다. 적을 상대할 때의 매서운 눈빛과 날카로운 목소리만이 남아 있었다. 전투 상황에서만큼은 그도 용맹함이 풍기는 하나의 군인이었다.

"몇 백이든 몇 천이든 다 덤벼라, 이놈들아!"

그 와중에서도 정일 할아버지는 태일이 걱정이 머릿속에서 떠나지를 않았다.

'태일이가……. 부디 무사해야 할 텐데…….'

✳ ✳ ✳

한참을 가다 보니 드디어 격렬한 전투 현장에 도착하였다. 전투 상황인데도 불구하고 세균과 전투하는 장면을 처음 목격한 태일이는 호기심 가득한 눈으로 숨어서 그들을 보며 옆을 지나갔다.

대식세포라는 이름답게 그들이 싸우는 방식은 세균을 직접 때려죽이는 것이 아닌, 먹어 치우는 것이었다.

불현듯이 할아버지가 들려준 이야기가 생각났다.

'대식세포들은 신호물질 등을 통하여 먹어야 하는 고형 물질을 선별하지. 꼭 세균과 바이러스만이 아닌, 비정상이거나 늙은 체세포도 잡아먹는단다. 우리 몸의 청소부인 셈이지. 그렇게 먹어치운 세균이나 바이러스들은 각각의 대식세포들 안에 있는 강력한 가수 분해 효소인 '리소좀'에 의해서 분해되어진단다.'

"저기 싸우고 있는 세포들이 대식세포 분들이구나. 그런데 다들 허리춤에 걸고 있는 저 껍질은 뭐지? 분명 할아버지께서 말씀해 주신 것 같았는데……."

태일이 말대로 대식세포들은 다들 허리 쪽에 무슨 껍질들을 하나씩 달고 있었다. 원래 대식 세포들은 몸에 아무것도 걸치고 있지 않았기 때문에, 태일이는 이상하게 생각했다.

'…… 또한 대식세포들은 세균이나 바이러스를 먹어치우는 것뿐만이 아니라 수지상 세포(dendritic cell)와 더불어 똑같은 바이러스나 세균이 다시 침입했을 때를 대비해서 면역 활동이 일어날 수 있도록 하는데 도움을 준단다. 바로 자기가 삼킨 세균의 껍질을 몸에 달고 다니는 거야. 이 것을 항원 제시 작용이라고 하는데, 이 껍질을 통해 대식세포들은 자기가 무슨 바이러스를 삼켰는지를 표시하여 T 림프구가 지원군을 보내줄 수 있도록 돕고, 자기가 세균이나 바이러스가 아님을 표시하여 자신은 세균이나 바이러스와 맞서 싸우고 있는 중일 뿐이니까 공격하지 말아달라는 표지판의 역할을 하기도 하지.'

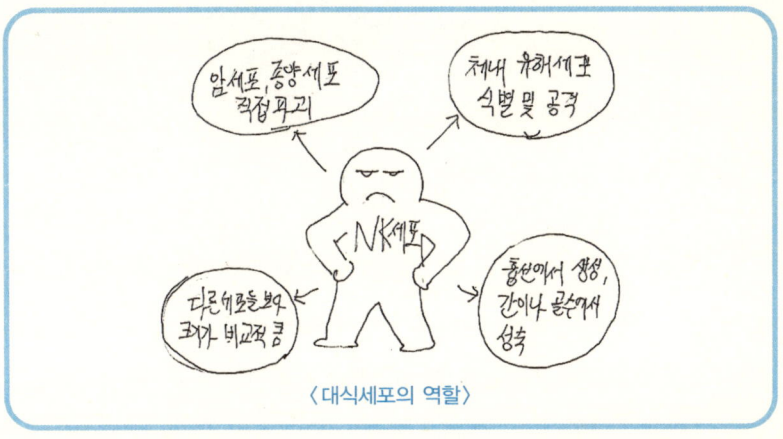

〈대식세포의 역할〉

"할아버지께서 말씀하셨던 면역계의 활동이 대식세포의 표시로 인해서 시작되는구나……. 대식세포들은 저걸 달고 다니면서 시토카인이나 케모카인이라는 호르몬을 분비해서 지원군을 부른다고 하셨지."

"좋아! 여기는 거의 다 처리된 것 같군! 나머지 이물질들은 킬러 T세포나 다른 세포들이 처리해 줄 거야. 빨리 대장님이 있는 상처 부위 쪽으로 가서 도와드리자고!"

"알겠습니다!"

마지막 한 마리의 세균까지 모두 먹어치운 후에 그들은 쉬지도 않고 다시 어디론가 몰려갔다.

'대장님이라고? 그래…… 할아버지는 나이가 많으시니까 충분히 대장노릇을 하고 있으실 거야! 저분들을 따라가면 할아버지를 만날 수 있겠구나!'

태일이는 빠른 걸음으로 그들을 쫓아갔다.

＊＊＊

"지원군은 아직 멀었나!!"
"아직 오지 않은 것 같습니다!"

격전이 벌어진 지 몇 시간이 흘렀다. 세균들의 숫자는 생각했던 것보다 훨씬 더 많았다. 시간이 지나면서 수적 열세에 몰린 그들은 결국 점점 밀리기 시작했다. 주위는 동료 백혈구들의 시체가 여기저기 널브러져 고름을 형성하고 있었다.

"버틸 수가 없습니다! 대장님!"
"조금만 더……. 조금만 더 버텨라! 멀지 않았다! 지금쯤이면 우리가 분비한 시토카인을 감지하고도 남을 시간이니 곧 지원군이 도착해 우리를 도와 줄 것이다!"

그렇다고는 해도 정일 할아버지는 백전노장이었다. 오랜 전투 경험을 가진 백혈구의 시선으로 현재 상황을 바라봤을 때, 본인을 포함한 대식세포들이 이제 얼마 버티지 못할 것은 명백했다.

"앞으로 한 발짝도 더 보내줄 수 없다, 이놈들아!"

"너무 앞쪽에서 싸우고 계십니다! 대장님!"

그때 깨달았다. 정일이 할아버지는 태일이 걱정으로 머리가 가득 차서 상대적으로 전투 상황에 신경을 많이 쓰지 못하고 있었다. 태일이 할아버지는 세균과 마주보고 대치하는 진형을 벗어난 채 적들 한가운데서 싸우고 있었다.

'아뿔싸……!'

당황한 순간 뒤에서 검은 그림자가 할아버지를 덮쳤다.

＊＊＊

대식세포 부대를 따라가면 갈수록 주위에 보이는 다른 백혈구의 시체와 고름은 늘어만 갔다. 태일이는 간접적으로 이번 전투가 얼마나 치열했는지를 알 수 있었다.

'으……, 점점 소름 끼치는 걸……?'

가는 도중에 태일이가 따라가던 대식세포 부대는 이제 막 다른 구역의 청소를 끝낸 백혈구들과 합류를 하게 되었다. 그런데 태일이는 이상한 점을 느꼈다. 합류한 백혈구들 중에서는 대식세포들과 좀 다르게 생긴 백혈구들이 많이 있었던 것이다.

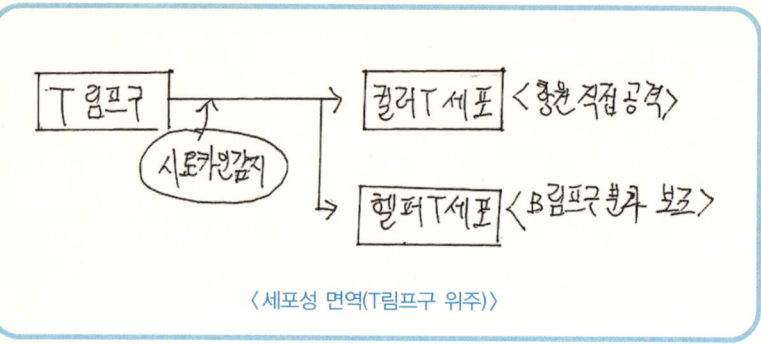

〈세포성 면역(T림프구 위주)〉

'…… 우리가 이렇게 세균과 바이러스에 맞서 싸우는 동안에 T림프구가 시토카민을 감지하면 그때부터 본격적인 T림프구의 활동이 시작되지. T림프구는 우리와는 달리 흉선에서 생겨나 성숙하게 돼. 성숙한 T림프구의 일부는 킬러T세포(Killer T cell)로, 나머지는 헬퍼T세포(Helper T cell)로 분화가 되어 각각 다른 역할을 담당하게 된단다. 킬러T세포는 다른 대식세포를 도와 체내에 침입한 세균과 바이러스를 함께 공격하는 역할을 하지. 이것을 '세포성 면역'이라고 한단다.'

"흐음……, 헬퍼T분들은 직접 싸우지는 않는다고 했으니 저분들은 모두 킬러T세포겠군……!"

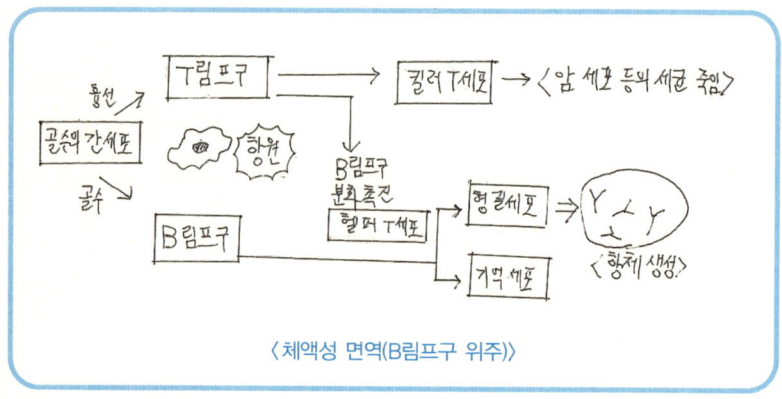

〈체액성 면역(B림프구 위주)〉

'…… 헬퍼T세포는 골수에서 생겨난 또 다른 림프구인 B림프구의 분화를 촉진시키게 돼. 증식을 거듭한 B림프구는 T림프구가 전해 준 우리가 달고 있던 세균 껍질의 데이터를 분석하여서 거기에 맞는 항체를 만들게 되지. 그러니까 항체들은 거기에 맞는 세균들이나 바이러스, 즉 항원에만 특성화된 폭탄이라고 할 수 있지! 이것을 '체액성 면역'이라고 한단다. 일단 그들이 혈액을 통해 운반되어 오면 이제 세균은 더 이상 버틸 수가 없게 되고, 몸은 다시 평화를 찾는단다. 그 후에는 분화된 B림프구의 일부에서 기억 세포가 형성되어서, 다음에 같은 항원이 침입했을 때 손쉽게 막아낼 수 있도록 돕는 역할을 하지……'

"지금쯤이면 시간이 많이 흘렀으니까 항체가 많이 만들어졌겠지? 빨리 할아버지를 뵈러 가야겠다! 어? 그런데 저기 인상 더럽게 생긴 아저씨는 누구더라……? N……K? 그래! NK세포였어!"

태일이 말대로 험상궂게 생긴 세포들의 무리가 태일이 옆으로 달려가고 있었다. 그들은 자기보다 작은 세균들은 거들떠보지도 않고 지나쳤다.

'……또 우리 몸의 면역 체계 중에는 특이한 녀석들이 있지. 바로 NK세포(Natural killer cells) 또는 자연 살상 세포라고도 불리는 녀석들이야. 이들은 흉선에서 태어나게 되는데, 날 때부터 아군 세포인지 적군 세포인지를 단백질 구조를 통해 파악하는 특수 전문 교육을 받게 돼. 훈련을 마친 NK세포들은 온 몸을 돌아다니면서 단백질 구조가 변형된 다른 백혈구들이나 변이된 적혈구 등과 같이 체내에 불필요한 세포들을 잡아먹을 뿐만 아니라, 대식세포들을 도와 세균과 바이러스에 맞서 싸우기도 하지. NK세포들은 세균이나 바이러스와 싸우는 중에도 주로 강한 적들과 싸우기로도 유명해. 하지만 NK세포들이 하는 일 중 가장 중요한 것은 역시 체내에 생기는 가장 무서운 세포인 암 세포를 제거하는 역할을 하는 것이지! 녀석들, 성질 더러우니까 나중에 만나더라도 함부로 말 걸지 않는 편이 좋을 것이야……. 껄껄…….'

"분명 함부로 말 걸지 말라셨어…… 피해서 다녀야겠다……"

"거의 다 온 것 같군……! 저기다! 저 모퉁이만 돌면 대장님을 포함한 우리 대식세포 군사들이 싸우고 있다!"

"와아! 돌격!"

할아버지가 계신 곳으로 거의 도착한 모양이었다. 할아버지가 무사하기를 빌며 할아버지를 만날 수 있을 것이라는 기대감에 부풀어 태일이도 발걸음을 빨리 옮겼다.

* * *

"대장님이 쓰러지셨다! 빨리 대장님을 구출해라!"

세균의 습격을 받은 정일 할아버지는 바닥에 쓰러져 숨도 제대로 고르지 못하고 있었다.

"괜찮으십니까! 대장님!"

"으으…… 으윽……."

정일 할아버지를 부축해 돌아올 틈도 주지 않고, 세균들은 끊임없이 새카맣게 몰려왔다.

'이제 정말 끝인가…………'

그동안 정일 할아버지를 도와 용감하게 맞서 싸웠던 부대장마저 군의 대들보 역할을 하고 있었던 대장이 쓰러지고, 엄청난 수의 세균이 몰려오는 것을 보고 결국에는 절망을 느끼게 되었다. 그 순간,

"많이들 기다렸냐! 짜식들아!!"

골반 쪽으로 향하는 통로로부터 NK세포들을 포함해 수많은 킬러T세포들이 달려왔다.

"빨리도 왔구나, 이 자식들……!"

한편으로는 늦은 시간에 온 그들을 원망하기도 했지만, 기쁜 기색을 감추지 못한 부대장은 울다가 웃다가 하면서 말했다

"헉……! 대장님이 어쩌다 이렇게 되셨나! 이제부터는 우리가 여기를 담당할 테니 자네는 빨리 대장님을 부축해서 가게나! 듣기로는 곧 있으면 항체들이 도착한다고 하네!"

"알겠네!"

부대장은 정일 할아버지를 업고 달렸다. 그때 정일 할아버지가 등에

업힌 채로 힘겨운 목소리로 부대장을 불렀다.

"쿨럭쿨럭, 이보게 부대장……."

"말을 아끼십시오! 지금 대장님을 치료할 수 있는 곳으로 데려가는 중입니다."

"흐흐, 난 이제 틀린 것 같네. 그것보다 자네……, 태일이라는 아이를 아는가? 그 아이에게 내 말을 전해줬으면 하는데……. 대장으로서의 마지막 부탁이자 명령이네……."

"물론입니다! 남기실 말씀이 무엇입니까?"

부대장은 정일 할아버지의 마지막 명령에 귀를 기울였다.

* * *

태일이는 애타게 할아버지를 찾고 있었다. 정신없는 전투 속에서 할아버지를 찾는다는 것은 사막에서 바늘 찾기와 다름없었다.

"할아버지!! 할아버지!!"

그나마 나오는 목소리도 다른 백혈구들의 함성 소리에 묻혀서 잘 들리지도 않았다.

"어디 계시는 거예요, 할아버지!"

백혈구 사이를 돌아다니면서 할아버지를 찾던 태일이는 마주보고 달려오던 백혈구와 정면으로 충돌하여 그만 정신을 잃고 말았다.

'할아버지……. 할아버지…….'

* * *

'으음……, 여긴 어디지……?'

태일이가 눈을 떠보니 그는 야전 백혈구병원에 있었다. 주위에는 세균과 바이러스와의 전쟁 도중에 부상을 당한 다른 세포들이 치료받고 있는 중이었다. 태일이 옆에는 부대장님이 태일이를 지켜보고 계셨다.

"드디어 깼구나. 태일아."
"전쟁은…… 끝났나요……?"
"그렇단다. 항체가 만들어졌어. 전쟁은 모두 끝났단다."

순간 정신이 번쩍 든 태일이는 부대장을 향해 다짜고짜 물었다.

"할아버지는! 할아버지는요!!?"
"대장님은……?"

부대장은 말꼬리를 흐렸다.

"할아버지는 어디 계시는 거죠? 전 할아버지를 찾아서 여기까지 왔단 말입니다!"
"대장님은…… 전사하셨다."

순간 태일이는 머리를 얻어맞은 듯이 멍해졌다. 할아버지가 돌아가셨다니……, 절대로 죽을 것 같지 않던 할아버지가 전사했다는 말을 듣고 태일이는 믿을 수 없다는 표정을 지으면서 소리쳤다.

"거짓말 마세요! 할아버지가 이렇게 쉽게 죽을 리가 없어요! 아! 할아버지께서 장난치시군요! 맞죠? 아저씨한테 시켰죠? 할아버지께서는 평소에 저한테 장난치기를 좋아하셨으니까요. 근데 전 이제 이런 장난에 안 속아요. 빨리 할아버지가 계신 곳으로 데려다 주세요!"

"대장님은 돌아가셨어! 이건 사실이다. 대장님은 어차피 수명이 다 하신 분이었어. 오늘 아침이면 지라로 돌아가서 죽으실 운명이었다."

"안돼! 할아버지……. 거짓말이죠? 거짓말이라고 해 주세요. 으흐흑……."

할아버지가 돌아가셨다는 사실을 듣고 슬픔을 감추지 못하는 태일이를 부대장이 다독이며 말했다.

"일어나거라. 대장님이 돌아가신 건 나도 정말 유감스럽게 생각한다. 하지만 마냥 슬퍼하고 있으면 진전되는 일은 아무것도 없어. 대장님은 좋은 분이셨다. 돌아가시는 순간까지 내게 너의 뒤를 봐달라고 부탁하시더구나. 이제 네가 대장님같이 씩씩하게 백혈구의 임무를 다하면 대장님도 분명 기뻐하실 거야. 열심히 훈련하면 분명 너도 대장님처럼 위대한 백혈구가 될 수 있다. 이번에 침입한 세균들은 이미 기억세포가 형성되어 당분간은 걱정할 것 없고, 훈련하기는 딱 좋은 시기 아니냐."

"하지만 다른 세균들이 침입하면요?"

"그때가 바로 네가 활약할 시간인 것이지. 장차 침입할 세균들을 막는 역할은 바로 네 몫이다. 대장님께서도 분명 그걸 바라실 거다."

태일이는 고개를 떨어뜨리고 잠시 생각에 잠긴 뒤 말했다.

"그렇군요……. 그래요! 이제 제가 할아버지의 뒤를 잇겠어요! 열심히 노력해서 나중에 꼭 할아버지같이 위대한 백혈구가 되고 말거에요!"

태일이는 눈물을 닦은 후, 자리를 박차고 일어나 곧바로 백혈구 훈련소로 달려갔다.

이야기 속 학습 내용			
학년	고등학교 2학년	과목	생명과학
단원	순환	주제	면역

1 항원-항체 반응

가. 항원

외부로부터 체내에 유입된 이물질. 세균이나 바이러스뿐만 아니라 다당류, 인공적으로 합성된 물질, 변이세포(암세포)등을 모두 포함한다.

나. 항체

항원이 침입했을 때 이를 제거하기 위해 체내에서 만들어지는 물질.

다. 항원-항체 반응

항원과 항체가 결합하여 항원의 기능을 약화시켜 제거하는 작용. 항체는 특이성이 있어 특정 항체는 그 항체에 맞는 항원과만 반응한다.

2 면역

특정한 항원이 침입했을 때 항원-항체 반응 후 기억 세포가 형성되어 동종 항원이 재침입했을 때 같은 병에 다시 걸리지 않게 되는 것, 세포성 면역과 체액성 면역으로 나뉜다.

가. 세포성 면역

킬러T세포나 NK세포 등이 항원을 직접 파괴하는 것, 특정 항원만 공격하는 특이성이 있다는 점에서 백혈구의 식균 작용과 구별된다.

나. 체액성 면역

① 1차 면역 반응 : 대부분의 B림프구가 헬퍼T세포의 도움을 받아 형질 세포로 분화하고, 항체를 형성하여 항원을 제거한다.

② 2차 면역 반응 : 항체의 일부가 기억 세포로 남아 동종 항원의 침입에 대비한다. 동종 항원 재침입시 1차 침입 때 보다 더 빠르게 많은 수의 항체가 생성되며, 생성된 기억 세포들은 항원에 대해 더 좋은 반응성을 가지기 때문에 인체가 병에 다시 걸리지 않게 하는 역할을 한다. 기억 세포들은 수년, 또는 평생 동안 체내에서 살아남을 수 있다.

3 백신

병원체를 인체에 인위적으로 주입하여 1차 면역 반응을 일으킴으로써 기억 세포를 형성시키는 방법. 완전히 병원체를 죽여 만드는 사백신과 독성을 약화시켜 만드는 생백신, 그리고 항원에 해당되는 부분만 추출한 단백질 백신이 있다.

순환–심장

'쿵쾅쿵쾅!'
심장이 뛸 때에 왜 소리가 날까?

정 원 석

Q '쿵쾅쿵쾅!' 심장이 뛸 때에 왜 소리가 날까?

2010년 10월 5일

"석정아, 오늘은 산부인과 가야 하니까 옷 입고 갈 준비하렴."

오늘은 우리 엄마 뱃속에 있는 아기의 모습을 보기 위해서 산부인과에 갔다. 엄마 뱃속에 있는 아기는 생긴 지 6개월이라고 아빠가 말씀해 주셨다. 산부인과에서 엄마는 의사선생님에게 건강 상태를 확인해 보셨다. 의사선생님이 엄마가 건강하시다고 말씀하셨다.

그 다음에는 뱃속의 아기 상태를 보기 위해서 초음파 검사실로 갔다. 안에는 초음파 검사기계가 있었는데 초음파 기계에 있는 화면으로 뱃속에 있는 아기의 모습을 볼 수 있었다. 정말 신기했다. 아빠와 엄마는 화면 속에서 움직이는 아기의 모습을 보시며 행복해 하셨다.

"저게 바로 너의 동생이 될 아기란다. 건강해 보이지?"

"네. 그리고 정말 귀엽게 생겼네요."

내가 말을 끝내자마자 초음파 기계에서 '쿵쾅쿵쾅' 하는 소리가 들려 왔다.

"이게 아기의 심장 소리란다. 어때? 신기하지?"

심장도 건강하게 뛰고 있어서 기뻤다. 그런데 계속 심장소리를 들으니 심장에서 어떻게 소리가 나는지 궁금했다. 자세히 들어보니 '쿵! 쾅!' 하고 두 가지의 소리가 들리는 것 같았다.

집에 돌아오는 길…….

병원에서 찍어준 아기의 사진을 손에 들고 계속 보았다. 그때 나는 병원에서 궁금했던 것을 물어보았다.

"엄마, 심장은 뛸 때 왜 소리가 나는 거야?"

우리 엄마는 대학교 시절에 생물을 전공하셨기 때문에 많은 것을 알고 계신다.

"음, 그건 말이야, 내일 같이 심장에 대해 공부하며 알아볼까?"

"응. 좋아! 그럼 내일 꼭 알려줘야 해."

집에 가서 엄마 배에 귀를 대고 아기가 움직이는 것을 들으면서 오늘 산부인과에서 있었던 일에 대해 이야기를 나누었다. 오늘은 정말 재미있었고 행복했던 날이었다.

심장 이야기

여기는 골수마을. 한 적혈구가 부모님과 작별을 하고 있다.

"아버지, 어머니. 전 이제 떠나야 할 때가 되었네요. 건강하게 오래오
래 사세요."
"그래, 이제부터는 내 생각은 하지 말고 일하는 것만 집중하렴."

저 적혈구의 이름은 동글이. 부모님과 평화롭게 살고 있던 그는 적혈
구였기 때문에 일정한 나이가 되면 의무적으로 혈관에서 산소를 운반하
는 일을 해야만 한다. 적혈구들이라면 모두가 겪는 운명과도 같은 것이
다. 동글이는 부모님과 함께했던 시간이 계속 생각나서 발길이 잘 떨어
지지 않았다.

"이봐, 작별인사 빨리 하고 오라고. 나도 바쁜 몸인데……."

동글이를 데리러 온 백혈구 몇 명이 오래 기다려서 지겨워하는 듯이
말했다.

"아, 예! 아버지, 어머니. 그럼 전 맡은 일을 열심히 할 테니까 제 걱정
은 하지 마세요."

눈물이 나는 것을 참아 보지만 그의 얼굴에는 슬픈 기색이 가득했다. 백혈구들이 동글이를 이끌고 혈관이 있는 곳을 향한다.

"자, 여기가 네가 들어가서 산소를 운반하는 곳이야. 한 번 더 강조하 겠는데 게으름 피우면 이곳 전체에 문제가 생길 수도 있으니까 산소를 열심히 운반해!"

"아, 알겠습니다. 그럼 지금부터 일하면 되는 건가요?"

"그래, 빨리 들어가서 일하렴. 지금도 세포에게 산소 운반하는데 한계 가 있으니까."

동글이는 조금 걱정되기도 했지만 큰맘 먹고 혈관 안으로 들어갔다.

그곳은 동글이가 살아왔던 골수마을과는 다른 곳이었다. 넓은 고속도 로처럼 펼쳐진 혈관 위로는 자신과 같은 적혈구들이 정신없이 움직이고 있었고 백혈구들이 세균들과 싸우는 모습도 보인다. 동글이는 처음 보는 광경에 입을 다물지 못했다.

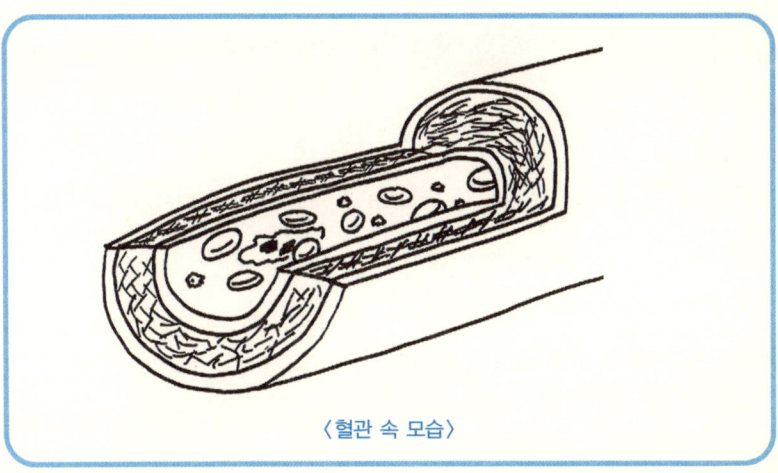

〈혈관 속 모습〉

"여기 처음 와본 것 같군. 안 그래?"

갑자기 한 적혈구가 그에게 다가와서 이야기한다.

"네. 생각보다 많이 혼잡하네요."

"그럼. 나도 처음 여기 왔을 때는 뭐가 뭔지 당황했었어. 그래도 지금은 적응이 되어서 열심히 일을 하고 있지."

"그래요? 그럼 산소는 어디서 얻나요?"

"얘가 지금 농담하는 거니, 정말로 모르는 거니? 네가 살던 곳에서 그런 거 안 배웠냐?"

"글쎄요……. 진짜 모르겠는데……."

"자, 그럼 날 따라와."

동글이는 그 적혈구를 따라 갔다. 얼마를 더 갔을까. 엄청난 양의 산소가 쌓여 있는 곳이 있었다.

"여기가 산소가 공급되는 '폐포'라는 창고야. 1분 동안에도 많은 산소가 이곳으로 모인다고."

동글이는 쌓여 있는 산소 중에서 여러 개를 든다. 생각보다 산소가 무거운지 조금 힘들어 보이는 동글이.

"자기가 들 수 있을 만큼만 들어야지. 그렇게 의욕만 앞서면 되겠니?"

"아, 그런가요."

자기가 들 수 있는 적당한 정도의 산소를 든 동글이. 옆에 있던 적혈구도 '헤모글로빈'이라는 수많은 주머니에 산소 4개씩 넣고 있었다.

"자, 이제 산소를 세포 쪽으로 운반해 주기만 하면 돼."

"산소가 조금 무겁기는 하지만 꽤 쉬운 일인데요?"

"그렇지? 생각보다 어려운 건 아니라니까. 단지 같은 일을 반복하는 것이 귀찮을 뿐이지. 그러면 앞으로도 열심히 산소 운반을 하렴. 난 지금 바빠서 가봐야겠다."

"네. 많은 것을 가르쳐주셔서 고마웠어요!"

친절한 적혈구와 작별을 한 동글이는 산소를 들고 다시 길을 나선다. 동글이와 같은 적혈구들이 모두 한 방향으로 가고 있었다.

"저기는 어떤 곳이지?"

동글이의 눈 앞에는 커다란 건물 비슷한 것이 있었다. 혈관들이 모이고 모인 곳이 이곳과 연결되어 있었다. 그 때문에 많은 적혈구들이 그 건물을 향해서 가고 있었다. 자세히 보니 그곳은 단순한 건물이 아니라 조금씩 움직이고 있었다. 이 건물이 무엇인지 궁금해지기 시작한 동글이.

문이 열리자 동글이는 그 곳으로 들어갔다. 들어가자마자 넓고 아늑한 방이 있었고 안에는 다른 적혈구들이 많이 있었다. 그리고 동글이의 눈에 작은 안내판이 보였다.

'여기는 심장의 좌심방입니다.'

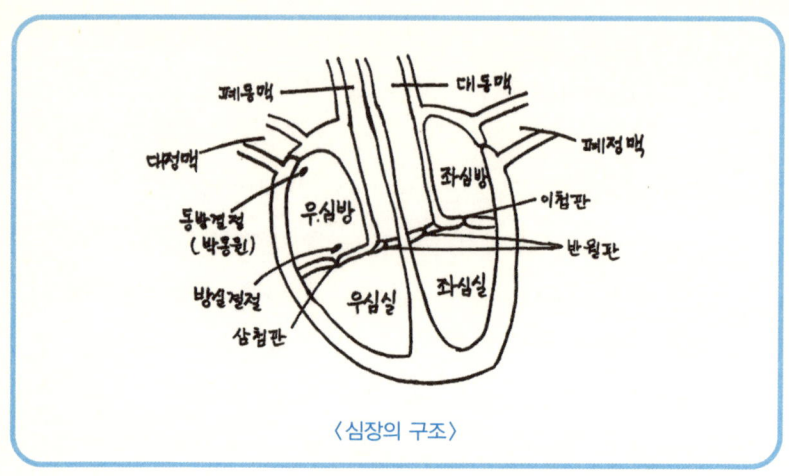

〈심장의 구조〉

그 방 반대쪽에 큰 문이 한 개가 있는데 문 앞에 많은 적혈구들이 몰려들었고, 잠시 후 그 문이 서서히 열리기 시작했다. 문 앞에 있던 다른 적혈구들이 뒤에 있던 적혈구에 떠밀려 다른 방으로 밀려 나갔다. 그 모습을 보고 있던 동글이는 뒤에서 다른 적혈구들의 대화를 듣게 되었다.

"야, 너는 저 문이 어떻게 열리는지 아냐?"

"음, 잘 모르겠는데?"

"하하하, 난 벌써 몸 전체를 여러 번 순환했기 때문에 잘 알고 있지. 내가 무지한 너를 위해서 가르쳐 줄게. 우리가 이 좌심방이라는 방에 들어올 때에 바로 옆에 있던 '우심방'이라는 방에도 우리와 같은 혈액이 방으로 들어가게 돼! 그때 바닥에 좌 · 우심방을 수축시키는 '동방결절'이라는 발판이 있지!"

"응! 그래? 나도 우심방은 다녀왔었는데……. 그러고 보니 내가 아까 우심방에 갔을 때에 그것을 밟았던 기억이 나!"

"히히히! 그래, 대부분 그것을 밟고 지나가게 돼. 그러면 동방결절이라는 신경이 좌우심방을 수축시키고, 그 압력에 의해 심방에 있던 혈액들이 다음 방으로 떠밀려 가는 거야! 심장이 스스로 뛸 수 있는 이유도 심장을 뛰게 하는 박동원이 심장에 내재되어 있기 때문이지.

또한 이때 우리가 왔던 길로는 다시 못 돌아가. 우리는 한 방향으로만 이동해야 하기 때문에 각 방마다 역류를 방지하는 '판막'이라는 문이 있거든!"

"아! 그렇구나."

대화를 엿듣던 동글이는 갑자기 뒤에서 누군가가 미는 것을 느꼈다. 알고 보니 방의 크기가 조금씩 작아지면서 안에 있는 적혈구들을 밀어내고 있었다. 적혈구들에게 밀리고 밀린 동글이는 '이첨판'이라는 문을 통해 다음 방으로 들어가게 되었다.

다음 방으로 간 동글이. 새로운 방은 좌심방보다 훨씬 크고 넓었다. 적혈구들이 훨씬 더 많이 모인 후, 방의 크기가 작아지면서 적혈구들이 빠른 속도로 또 다른 문을 향하여 나갔다. 동글이는 이곳이 흥미롭게 느껴졌다.

"이곳이 심장에서 가장 바쁜 부분이지요. 생각보다 많이 혼잡하지요?"

옆에서 지나가던 백혈구가 와서 동글이에게 말을 건넨다.

"그러네요. 여기는 뭘 하는 곳이죠?"
"여기는 좌심실이라는 곳입니다. 보시다시피 적혈구들을 심장 밖으로 보내서 온 몸의 세포까지 빠르게 보내 주는 곳이지요."
"빠르게 보내야 한다고요?"

동글이가 깜짝 놀란 듯하다.

"그럼요. 여기서 세포까지 먼 거리를 여행해야 하는데 빨리 안 보내주면 산소를 배달하는 시간도 늦어지고 적혈구들이 지쳐서 다 못 갈 수 있으니까요."

"근데 제가 여기에 처음 와서 혹시 사고라도 날지 걱정이 되네요."

"허허. 괜찮아요. 빠르면서도 안전하게 보내주니까요."

조금은 안심이 된 듯한 동글이는 심장 속에 있으면서 궁금한 것들을 물어보기로 했다.

"저, 질문을 해도 되나요?"

"예."

"굳이 공간을 나누면서 문을 만들 필요가 없지 않나요?"

"아니요. 문은 꼭 필요하답니다. 심장이 네 개의 구역으로 나뉘어진 것은 들어오는 혈액을 효과적으로 모아 다시 폐와 온 몸으로 보내기 위함이죠. 이때에 각 구역을 빠져 나가는 길에 한 방향으로만 열리는 문이 있어야만 혈액들이 한 방향으로 순환할 수 있게 되죠!"

"그런 원리가 숨겨져 있었다니 몰랐어요."

"저, 그런데 여기서 계속 계시면 근무 태만으로 걸리지 않나요? 빨리 갑시다."

"네~."

동글이는 좌심실에서 대동맥으로 나가기 위해 적혈구가 많이 모여 있는 다음 문 쪽으로 갔다. 곧이어 좌심실이라는 방이 급격하게 작아지면서 우리를 동맥쪽으로 밀어내고 있었다.

"쿵"

이때 갑자기 어느 한 쪽에서 소리가 났다. 동글이가 깜짝 놀라 위를 쳐다보니 아까 좌심방에서 좌심실로 들어올 때에 열렸던 문이 좌심실의 압력을 견디지 못하고 세게 닫혀버리면서 '쿵' 하는 소리가 났던 것이다.

'아! 아까 전부터 계속 들렸던 심장 소리 중 하나가 바로 이것이었구나! 좌심실이 수축하면서 좌심방으로 들어가는 혈액의 역류를 방지하기 위해 좌심방과 좌심실 사이의 이첨판이라는 판막이 닫히면서 나는 소리였어.'

조금씩 알아가고 있다는 기쁨에 흐뭇한 미소를 띠고 있는 동글이. 하지만 그것도 잠시. 동글이는 지금 좌심실의 압력에 떠밀려 동맥으로 세차게 나가고 있었다.

"으아!!!! 아저씨 여기는 어디에요? 아까 심장에 비하면 정말 좁은데요?"
"여기가 바로 대동맥이란다."
"와~ 드디어 심장을 빠져나왔군요. 이제는 사람의 온 몸을 돌면서 새로운 여러 세포들을 만날 수 있겠네요? 정말 기뻐요!"

"쾅"

"으악! 뭐야? 깜짝 놀랐잖아?"

갑자기 난 큰 소리에 동글이는 쥐며느리처럼 몸을 잔뜩 웅크렸다.

"아저씨! 방금 이 소리는 뭐예요?"

"하하! 많이 놀랐구나. 이 소리는 우리가 방금 빠져나온 좌심실이 다시 이완하여 커지면서 대동맥보다 압력이 낮아져서 그런 거란다. 좌심실이 다시 이완할 때에는 좁은 대동맥의 압력보다 많이 낮아지기 때문에 압력이 높은 대동맥에서 좌심실로 혈액이 역류할 수 있어."

"아! 그래서 방금 좌심실을 빠져나오면서 지나왔던 '반월판'이라는 문이 역류를 방지하기 위해서 "쾅" 하고 닫힌 것이었군요?"

"하하하! 똑똑한 녀석! 하나를 가르치면 열을 아는구나."

이렇게 심장을 출발한 동글이는 잠시 후 동맥을 지나 모세혈관으로 들어가고 있었다. 모세혈관 주위에는 수많은 세포들이 밀집해 있었다.

"이곳에 산소를 갖다 놓으면 되는 건가?"

세포막에 동글이가 가지고 온 산소를 몇 개 내놓자 세포막 안으로 산소가 흡수되었다.

"휴~, 드디어 첫 배달을 완료했군. 이제부터 열심히 해야겠지?"

신입이라서 그런지 동글이는 의욕이 넘쳐난다. 또 처음으로 세포에게 도움이 되는 일을 해서인지 보람도 느꼈다. 동글이는 산소 운반을 계속하기 위해 또 다시 심장을 향해서 걸어간다.

이야기 속 학습 내용			
학년	고등학교 2학년	과목	생명과학
단원	순환	주제	심장

1 심장의 구조

심장은 4개의 공간으로 나누어져 있으며 근육질로 되어 있다. 위쪽의 작은 구역을 심방, 아래쪽의 큰 구역을 심실이라고 하며, 심실과 동맥 사이에 반월판, 좌심방과 좌심실 사이에 이첨판, 우심방과 우심실 사이에 삼첨판이라는 판막이 있다.

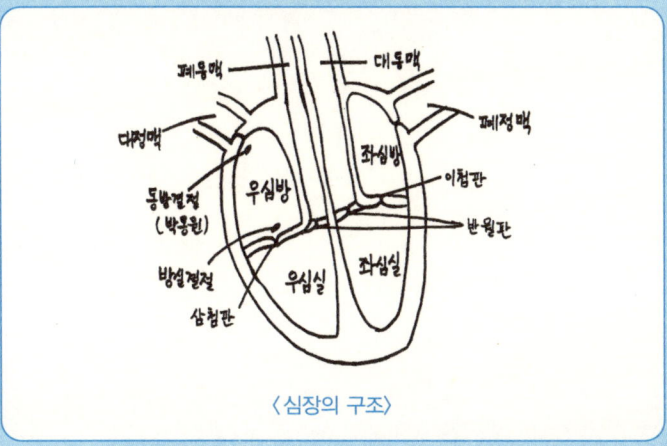

〈심장의 구조〉

2 심장 박동의 자동성

심장은 스스로 박동을 하는 능력이 있다. 심장 박동의 자동성은 동방결절(박동원)과 방실결절에 의해 일어난다. 우심방의 동방결절은 주기적으로 흥분을 일으켜 좌·우 심방을 수축시키고, 곧바로 우심방과 우심실 사이의 방실결절로 전해져 좌·우의 심실이 수축된다.

3 심장 박동의 주기

심장 박동은 크게 심방 수축기, 심실 수축기, 심실 이완기로 나눌 수 있다.
① 심방 수축기 : 심방 수축, 심실 이완
② 심실 수축기 : 심실 수축, 심방 이완, 반월판 열림, 이첨판, 삼첨판 닫힘
③ 심실 이완기 : 심방, 심실 이완, 반월판 닫힘, 이첨판, 삼첨판 열림

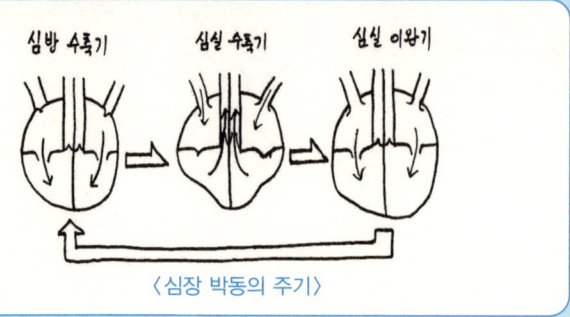

〈심장 박동의 주기〉

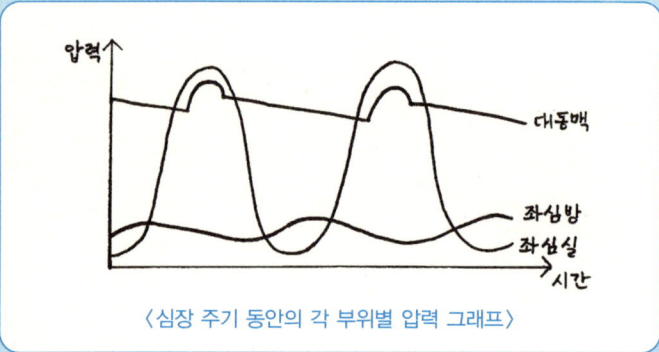

〈심장 주기 동안의 각 부위별 압력 그래프〉

4 심음

심음은 심장 속의 판막이 닫히면서 나는 소리이다. 심실 수축기 때에 좌·우심방과 심실 사이에 있는 이첨판과 삼첨판이 닫히면서 제 1 심음이 나고, 심실 이완기 때에 심실과 동맥 사이의 반월판이 닫히면서 제 2 심음이 난다.

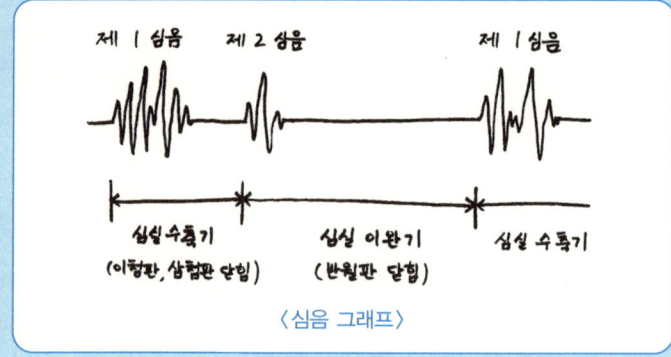

〈심음 그래프〉

Storytelling and Life Sciences

호흡-기체교환

우리가 들이마신 산소는
어떻게 될까?

Q 우리가 들이마신 산소는 어떻게 될까?

2010년 대구 복현동 경상고등학교 2학년에 재학중인 학생들 사이에 평소 절친 준혁과 태현이 있었다. 그런데 이상하게도 보통 친한 친구는 끼리끼리 모여논다고 해서 공통점이 많은데 이 절친은 공통점보다 차이점이 많다.

준혁은 고등학생이라는 신분이지만 평소에 매일 팔굽혀펴기, 아령 들기, 조깅으로 자기 몸을 가꾸어 미스터 코리아에 나갈 수 있을 정도로 몸에 단단한 근육들이 박혀 있었다.

하지만 태현은 최근에 출시된 게임에 중독되어 부쩍 뱃살이 늘었고, 최근 운동을 한 때가 언제인지 가물가물할 정도가 되었다.

8월 29일 일요일 이른 아침, 오늘도 준혁은 금호강 주위를 뛰고 있다.

"하나, 둘, 하나, 둘… 헥… 헥… 오늘도 정해진 금호강 10km를 다 뛰었군. 그나저나 태현은 또 컴퓨터 게임 하고 있으려나? 연락 좀 해봐야겠다."

"여보세요?"

"어, 준혁아. 무슨 일이니?"

"나 오늘 너희 집에 놀러가도 되니?"

"물론이지 콜. 우리 집 컴퓨터 두 개 있는데 나랑 붙자."
"좋지. 아침밥 먹고 10시쯤 갈게."
"알았어~! 다른 곳으로 빠지지 말고 빨리 와."

준혁은 신선한 양상추에 키위 드레싱을 곁들인 샐러드와 방금 구워 김이 모락모락 나는 달걀프라이와 닭 가슴살을 먹으며 건강한 아침식사를 하고, 밥을 먹고 남은 시간엔 신문을 살피며 세계 경제와 과학 기술에 대한 기사를 읽는다. 10시가 되자 5분 거리에 있는 태현 집에 놀러 간다.

"띵동… 띵동…"
"어, 왔나?"
"너 어제 밤 샜냐? 머리가 왜 부스스해?"
"오늘 일요일이니까 그러는 건 당연한 거잖아. 들어와."
"너 아침으로 컵라면 먹었냐?"
"어! 컵라면이 역시 짱이지. 아침에 먹는 컵라면이 제일 맛있어."
"그러면 안 돼, 태현아. 그러니까 이렇게 살이 찌는 거야."
"그런가……?"
"안 되겠다. 게임은 나중에 하고! 태현아, 나랑 줄넘기 하러 가자. 빨리 운동복 입고 밖으로 나와."

태현은 옷장 안에 몇 달 동안 입지 않은 운동복을 입자 사이즈가 작아졌음을 한 번에 알 수 있었다.

"아! 나도 살이 많이 쪘구나."

준혁과 태현은 아파트 운동장으로 걸어 나왔다.

"지금이라도 늦지 않았어. 나랑 같이 운동하면서 빼면 돼. 시작하자. 하나, 둘, 셋, 넷!"

줄넘기를 시작한 지 5분이 지났다.

"이거 은근히 견딜 만한데 겨우 이 정도라면 1시간도 할 수 있겠어."

하지만 얼마 지나지 않아 태현의 얼굴은 땀으로 범벅이 되었고 입에선 거친 숨소리가 들린다.

"허억! 허억! 으어어억, 후우~! 우와! 뭐허~가 이렇게해~ 힘들어~?"
"네가 그동안 운동을 안 해서 그런 거야!"
"아니, 으음~ 하~. 그건 그렇다 치고, 도대체 왜 이렇게 숨이 찬 거야? 아프지도 않은데 숨이 차서 죽을 것 같잖아. 운동을 하면 꼭 이렇게 숨을 많이 쉬어야 하나?"

산소 이야기

해가 중천에 떠서 온 세상을 밝히고 가을바람은 불어서 커튼을 살랑살랑 흔든다. 그런 평안한 오후에 나는 내일이 시험인 관계로 독서실에서 참고서를 응시하며 시간을 보내고 있다. 눈으로는 책을 보고 있지만 머릿속에서는 한 가지 생각만이 맴돈다. 바깥세상은 저렇게나 좋아 보이는데 여기는 왜 그렇지 못할까 하고 말이다. 한숨을 내쉰다.

'휴~ 내가 여기서 왜 이러고 있나?'

독서실이라서 혼잣말도 속으로 삼켜야 한다는 것이 더욱 답답하게 느껴진다.

"지이이잉…… 지이이잉……."

휴대폰 진동소리다. 나는 조용히 건물 밖으로 나와 전화를 받는다.

"여보세요?"

"어, 준혁아. 너 뭐하는데?"

"뭐…… 내일이 시험이니까 공부하고 있었지."

"하긴…… 그건 그렇고 너 생물 호흡 단원 공부했니?"

"뭐? 호흡? 순환까지 들어가는 거 아니었어?"

"무슨 이상한 소리야. 분명히 선생님께서 일주일 전에 호흡 단원까지 범위를 넓힌다고 말해 주셨잖아."

아, 뒤통수를 얻어맞은 기분이다.

"아! 어떡하냐? 나 순환까지만 했는데."

"아, 나도 몰라서 너한테 물어보고 싶었는데……. 내 덕분에 산 줄 알아라. 끊을게."

"…… 어……."

다시 한숨을 내쉰다.

"휴~."

차라리 모르고 대충 시험을 치는 것이 좋을 뻔 했다. 다시 무거운 발걸음으로 독서실에 들어간다. 갑자기 공부해야 할 양이 늘어나서 머리가 멍해졌는지 나도 모르게 의자를 시끄럽게 끌어내어 앉는다. 나는 고개를 저으며 속으로 주문을 외우듯이 말한다.

'정신차리자, 지금이라도 하면 충분히 시험 때 다 맞출 수 있어. 정신차리자……. 정신차리자…….'

그렇게 몇 번 되뇌이고 참고서를 펼친다. 보기만 해도 내 숨통을 조여 오는 것 같다.

'아, 무슨 소리지…… 확산? 농도 차? 산소 해리? 공부라는 과목 누가 만들어 놨어. 참 문제야 문제'

나는 내가 무식해서 이해하지 못하는 것임을 알고도 자꾸 남의 탓으로 돌리기 시작한다. 얼마 지나지 않아 읽고 있는 내용이 따분해져서 펜을 책 위에 올려다 놓고 팔짱을 낀다. 따뜻한 햇살인지 아니면 점심 때 먹은 밥 때문인지……. 눈꺼풀이 점점 무거워지고 잠시 후 내 눈을 덮어 버린다.

"야! 애야……."

누군가 나를 부르는 것 같다. 온 몸이 무거워서 일어나기 싫다. 하지만 나를 부르는 그 목소리는 왜인지 모르겠지만 거부하기가 싫다. 차츰 내 눈꺼풀은 어슴푸레 반쯤 떠졌다. 그리고 나를 부르는 목소리가 들리는 쪽으로 시선이 향한다. 그 순간, 나를 부르는 이의 모습을 보고 깜짝 놀라 나도 모르게 몸을 일으켜 세웠다.

"누…… 누구…… 누구야?"

처음 보는 동물이다. 아니 저런 동물은 없다. 혹시 괴물이 아닐까?

"야! 뭐해. 이제 갈 시간이야."

'뭐야? 괴물이 말까지 하다니! 아, 정말, 뭐야 여긴?'

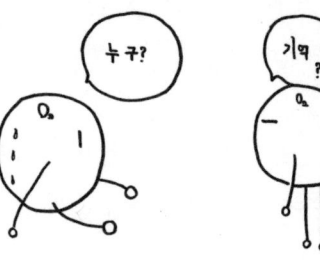

"어…… 어디…… 어디를 가! 너 누구야? 그리고 여기는 어디야?"

"얘가 왜 이런데……? 여긴 '폐' 잖아. 우리는 지금 세포에 있는 미토콘드리아로 가야 한다고!"

'폐포……? 미토콘드리아……? 무언가 언뜻 들어본 것 같지만 또렷하게 기억나지 않는다. 배운 것 같기도 한데…….'

나도 모르게 잠시 동안 멍한 표정을 한다. 그런 나를 이해할 수 없다는 듯이 쳐다보는 괴물이 바라보다가 한 마디를 내뱉는다.

"참…… 정말로 기억이 안나나 보네. 처음부터 설명해 줘야겠군. 우리는 '산소' 라는 분자들이야. 그리고……."

"잠깐만…… 우리? 무슨 소……."

내 손과 발을 보았다. 아무리 눈 씻고 쳐다봐도 내 앞에 서 있는 정체 모를 이 괴물과 비교해서 다른 곳을 찾지 못하겠다. 도대체 내가 전생에 무슨 죄를 저질렀기에 여기에 있는 것일까. 이젠 한숨도 나오지 않는다. 이대로 운명을 따를 수밖에 없는 것일까?

"얘 정말 혼자 연극하는 것도 아니고 뭐야 재수 없게……. 다시 설명을 계속하면 우리 '산소' 는 사람에게 에너지를 공급하기 위해 세포에 있는 미토콘드리아로 가야 돼. 지체되면 좋을 게 없어. 빨리 일어서!"

뭐가 뭔지 모르겠지만 이것도 나쁘진 않은 것 같다. 꿈을 꾸었을 때는 시험 때문에 정말 머리가 지끈하던 찰나였기 때문이다. 그래서 난 점점 이 현실을 받아들이기 시작한다.

'아, 맞다. 나는 세포로 가야 돼. 휴~, 뭐 이것도 나쁠 것 같진 않네.'

나는 아까까지 무슨 일이 있었냐는 듯이 약간의 미소를 머금으며 묻는다.

"그래, 그래 참 너 이름이 뭐야?"

"우리는 그냥 산소일 뿐이야, 별다른 이름은 없어. 그냥 부르기 편한 대로 불러."

녀석은 까칠하게 대답한다. 그러는 이 녀석이 싫지는 않다.

"이름이 없어? 음…… 좋아! 넌 이제부터 영희야. 입에 척척 달라붙는 군!"

"흥, 네 이름은 뭔데?"

"날 준혁이라고 불러줘."

"뭐, 나쁜 이름 같지는 않네."

나도 모르게 웃음을 터트린다. 웃던 도중 영희의 따가운 시선이 느껴지자 헛기침을 하고 영희에게 묻는다.

"아까 네가 나한테 말했잖아. 잘은 모르겠지만 그 미……토…… 콘……? 뭐지? 어쨌든 거기로는 어떻게 가야 하는 건데?"

영희는 나를 깔보듯 눈을 내리깔며 대답한다.

"너 참 모르는 게 많구나. 하하, 아까 여긴 '폐'라고 했지? 우리 산소들이 세포로 가기 위해 우선은 사람의 몸 속에 있는 혈관으로 들어가야 돼! 그 혈관으로 들어 가기 위해 일단 '폐포'로 들어온 거야."

"아, 그렇구나. 그런데 아까 들어오면서 봤는데, 폐에는 이 폐포라는 작은 방이 아주 많은 것 같던데?"

"폐라는 일정한 공간에 좀 더 많은 기체분자들을 들여보내고 내보내기 위해서는 표면적을 넓힐 필요가 있었어. 그래서 하나의 큰 공간보다는 작은 공간 여러 개를 만들어 기체와의 접촉 면적을 넓히는 거지. 어! 저기……, 혈관이 보이기 시작한다!"

조용히 녀석의 말을 듣고 있던 나는 눈이 휘둥그레지며 혈관을 바라본다.

"와! 신기하다. 그런데, 저곳으로 어떻게 가는 거야? 폐포와 혈관은 확실히 구분되어 보이는데 말이야."

"또 설명을 해줘야겠군. 그건 바로 '확산'이라는 거야. 확산이 뭐냐면 말이야. 농도가 높은 곳에서 농도가 낮은 곳으로 물질이 이동하는 거야. 알아듣겠어?"

"음…… 농도가 낮…… 높……? 아, 난 그런 설명을 들으면 머리가 아파서 히히. 좀 더 쉽게 설명 해줄래?"

"음, 더 쉽게? 예를 들자면 물방울에 잉크를 떨어뜨렸다고 생각해 보자. 그러면 물 속에서 잉크는 퍼져나가겠지? 왜 그런 것일까? 왜냐하면 잉크가 떨어진 지점은 주위에 비해서 농도가 높기 때문에 농도가 낮은 물 분자 사이로 잉크분자가 퍼져나가기 때문이지. 간단히 말해서 많은 곳에서 적은 곳으로 가는 것이라고 생각하면 돼. 어때? 이제 좀 이해가 되니?"

"아! 그러니까 지금 우리가 있는 폐포에는 산소 농도가 높은 편이니까 산소가 농도가 낮은 혈관 속으로 저절로 이동해 간다는 거야?"

"그렇지, 멍청한 줄 알았는데 이해를 잘 했네. 하하."

말 그대로 폐포에 접하고 있는 모세혈관에 가까이 다가가자 저절로 확산 현상에 의해 혈관으로 들어갔다.

'우와~! 뭐지! 이 새로운 느낌은! 재밌는데 히히.'

"자, 혈관에 도착했다. 이제 우리는 세포에 있는 미토콘드리아로 가기

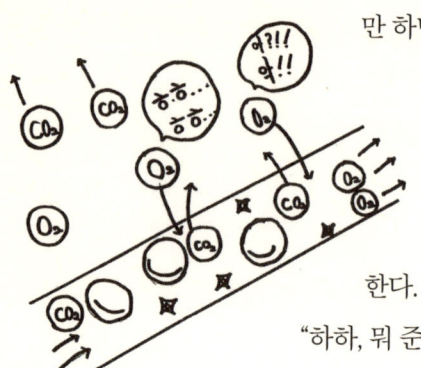

만 하면 돼."

"그런데……, 여긴 폐포와 다른 것들이 많구나!"

나는 새로 나온 전자기기를 구경하는 것처럼 여기를 구경한다.

"하하, 뭐 준혁이 너한테는 그렇겠지."

"그런데 그 미토콘드리아로는 어떻게 가는 거야?"

"아, 그거에 대해서라면 얘기 해줄 게 많아. 이제 내가 쉽게 설명해 줄 테니까 잘 들어!"

"넵!"

"음~, 저기 빨갛게 보이는 거 있지?"

"응."

"저게 적혈구라는 세포야. 멋지지? 그런데, 적혈구 표면에는 헤모글로빈이라는 물질이 있어서 우리 산소들을 4개씩 붙여서 세포가 있는 곳으로 이동시켜주는 역할을 하지!"

"오! 헤모글로빈을 이용하면 정말 편리하겠구나."

"야야, 나만 버려두고 가냐? 천천히 가."

우리는 무사히 헤모글로빈과 결합한 뒤 다시 수다를 떨기 시작한다.

"그런데, 아까부터 정말 궁금했는데 그럼 세포에 가서는 우리가 헤모글로빈에서 어떻게 떨어져 나오는 거야?"

"좋은 질문이야. 우선, 인간이 살아가기 위해서는 에너지를 만들어야 하고, 그 에너지는 세포 속에서 포도당과 산소를 이용해서 만들지. 즉, 인간이 살아가기 위해서는 우리 산소들이 필수적인 존재라는 말씀. 세포에서는 산소를 쓰며 계속 에너지를 내기 때문에 산소가 적은 상태이지. 그래서 세포 근처에 가면 헤모글로빈에 붙어 있던 산소가 세포 쪽으로 우리를 보내는 거야."

"아~ 아까 전에 폐포에서 이동했던 것처럼 확산의 원리로 세포에 들어가는구나."

"오호~ 제법인데? 그럼 본론으로 들어가 어떻게 산소와의 결합을 끊어놓느냐? 첫째, 산소가 부족한 곳에서는 비교적 이산화탄소가 비율이 높아. 그래서 이산화탄소가 많은 곳일수록 산소를 많이 해리시키지. 참고로 해리시킨다는 것은 결합이 끊어진다는 거야."

"그것뿐이야?"

"아니, 아직 두 가지나 남았어. 이산화탄소 비율이 높은 곳은 산성도가 높은 곳이야. 왜냐하면 이산화탄소가 체액에 녹으면 산성을 나타내는 H^+이온을 내놓기 때문이지. 그래서 산성도가 높은 곳일수록 산소가 많이 해리되는 거지."

"마지막은?"

"마지막은, 온도야. 온도가 높으면 산소와 헤모글로빈 사이의 결합력이 약해지기 때문에 온도가 높을수록 산소가 많이 해리돼!"

"아~ 참 기묘하게 돌아가는구나. 이곳은……."

"이 정도로 놀라기는 진짜 세포에 가면 더 놀라겠는 걸~"

"진짜 궁금해진다!"

그렇게 수다를 떠는 사이 근처에 있는 헤모글로빈에서 산소들이 해리되어지는 모

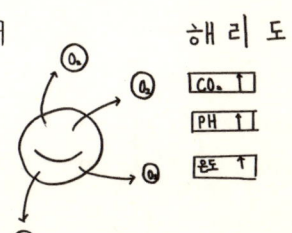

습들을 볼 수 있었다. 그때마다 나는 언제 미토콘드리아 속으로 들어갈 수 있을까 생각하며 설렌 가슴을 진정 시킬 수 없었다. 얼마나 지났을까 갑자기 헤모글로빈과의 결합이 점점 약해진다.

"어……, 이거 조금 있으면 떨어질 것 같은데."

"그러게. 슬슬 준……."

우리는 헤모글로빈과의 결합이 끊기고 체액으로 해리되었다.

"자, 이제 다 왔어. 기다리고 기다려 왔던 우리의 최종 목적지인 세포 야."

"와! 역시, 나의 기대를 실망시키지 않군. 빨리 들어 가보자."

세포 속에 들어가자 여러 가지 장치들이 눈에 보였다. 녀석은 미토콘 드리아가 어느 것인지 손으로 짚어주며 말한다.

"바로 이게 미토콘드리아라는 거야. 미토콘드리아에서는 당(糖)과 산 소를 이산화탄소와 물로 바꾸면서 ATP라는 에너지 저장 물질을 만들어 주지. 이것을 '세포호흡'이라고 해! 곧 우리는 미토콘드리아로 들어가서 에너지를 내는 데에 사용될 거야!

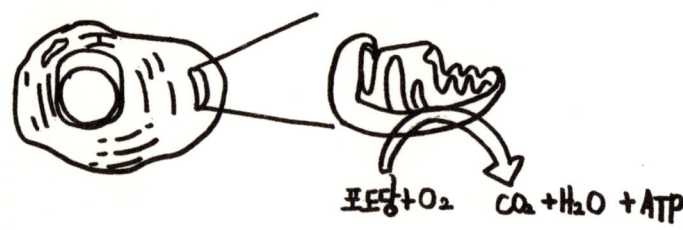

포도당$+O_2$ $CO_2 +H_2O + ATP$

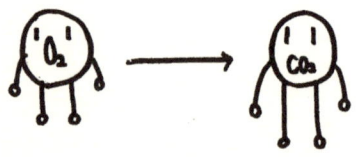

　　그리고 우리 산소가 직접 이산화탄소로 변하는 것은 아니지만 세포호흡의 결과로 이산화탄소라는 기체가 생성되기 때문에 좀 있다가 너와 내가 만날 때에는 이산화탄소의 형태가 되어 있을 테니 너무 놀라지는 마! 그럼 안녕!"

　　우리가 미토콘드리아 속으로 들어가자 나의 몸이 점점 변해 간다는 것을 느낄 수 있었다. 반응을 마치고 미토콘드리아 밖으로 나오자 방금까지 산소였던 모습은 온데간데 없고 이산화탄소로 변해 있었다.

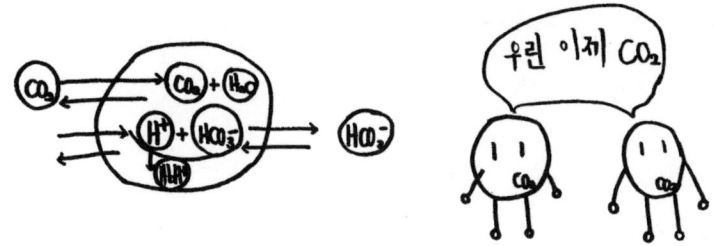

　　"어라? 이산화탄소가 되었네? 이젠 어떻게 되는 거야?"

　　"이산화탄소는 사람에게 불필요한 물질이기 때문에 몸 밖으로 나가야만 해!"

　　"여기서 나가는 일만 남았다고? 그런데 올 때에 헤모글로빈을 이용했는데 나갈 때도 헤모글로빈을 이용할 수 있는 거야?"

　　"일단 따라 와봐!"

　　영희는 내 손을 잡고 세포 밖으로 나온다. 여전히 적혈구는 붉은빛을 내뿜으며 혈관을 돌아다니고 있다.

　　"이산화탄소도 물론 헤모글로빈과 결합해서 밖으로 배출되기도 하지만 대부분은 적혈구 속에 탄산무수화 효소에 의해서 이산화탄소가 운반되기 쉬운 형태로 바뀌어져. 바로 탄산이온(HCO_3^-)이라는 형태인데……. 말만 하지 말고 직접 해보자."

우리가 적혈구에 속에 들어가자 우리의 몸은 다시 한 번 반응을 일으켜서 탄산이온의 형태로 변했다.

"정말……, 생물체 내의 화학반응은 무궁무진하구나."

"그렇지?"

"아~ 쉬지도 않고 왔는지 피곤하네. 잠깐 눈 좀 붙여볼까?"

"그래, 너도 들으랴, 질문하랴, 걸으랴 고생이 많았어. 이제 곧 밖으로 나가니까 잠시 눈 좀 붙여."

"잘 자."

"지이이이잉…… 지이이이잉……."

왠지 모르게 익숙한 느낌이 내 몸을 울려 퍼진다.

"지이이이잉…… 지이이이잉……."

닫혀 있던 내 눈꺼풀이 열리기 시작하고 이제 슬슬 으스스한 어둠이 내 눈으로 들어온다. 모든 것이 꿈이었다. 정말 그렇게 생생하던 것이 고작 독서실에서 엎드려 자면서 느낀 것이었다니……. 내일 시험이라는 것을 인식하고 기지개를 편 다음 다시 참고서를 편다. 확산…… 헤모글로빈…… 세포호흡…… 갑자기 모든 것이 쉽게 느껴진다. 그저 글자만 읽는 게 아니고 꿈속에서 겪었던 모든 것들이 요동치는 것 같았다.

이야기 속 학습 내용			
학년	고등학교 2학년	과목	생명과학
단원	호흡	주제	기체의 교환

1 기체 교환의 원리

호흡 운동을 통해 몸 속으로 들어온 산소는 모세혈관으로 이동해 혈액에 의해 조직에 운반되어 세포로 공급되고, 조직에서 생성된 이산화탄소는 혈액에 의해 폐포로 이동되어 몸 밖으로 배출된다.

이때 폐에서 일어나는 기체 분자들의 교환 원리는 분압차에 의한 확산이다. 즉, 분압이 높은 곳에서 낮은 곳으로 확산되어 이동하는 것이다.

2 산소의 운반

혈액에 이동해 온 산소는 적혈구의 표면에 붙어 있는 헤모글로빈을 통해 조직으로 이동한다. 헤모글로빈은 1분자에 최대 4분자의 산소와 결합할 수 있다.

3 산소해리곡선

체내에서 산소 분압의 변화에 따라 헤모글로빈이 산소와 결합해 어느 정도의 비율로 산소 헤모글로빈이 생성되는지를 나타낸 그래프를 산소해리곡선이라고 한다. 산소헤모글로빈의 해리도는 주로 산소 농도에 의해 결정되지만 이산화탄소의 농도가 높을 때, 온도가 높을 때, pH가 낮을 때에 해리도가 커진다.

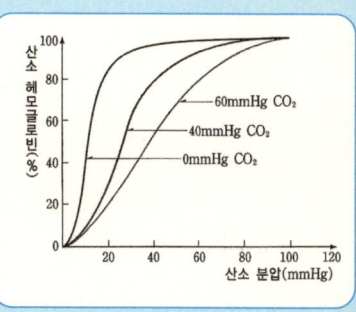

4 이산화탄소의 운반

세포 호흡에 의해 생성된 이산화탄소 중 일부는 혈장에 직접 녹아 폐로 운반된다. 하지만 대부분은 적혈구 내로 들어가서 그 중 25%는 헤모글로빈과 직접 결합해 폐로 운반되고 남은 75%는 적혈구 내 탄산무수화 효소에 의해 탄산이온으로 바뀌어 혈장에 녹아 폐로 이동한다.

호흡-흡연

담배 피우는 사람 옆에만 있어도
담배 피우는 것과 똑같다?

Q 담배 피우는 사람 옆에만 있어도 담배 피우는 것과 똑같다?

나는 건실한 ○○고등학교 학생 3학년 남윤도. 난 중학교 때부터 공부를 못했지. 아~, 부모님, 친구들, 선생님의 눈길이 부담스러웠어. 그래서 그 때부터……, 크 흑, 이러진 않으려고 했는데……. 담배에 손이 가더라고. 아 참! 그런데 오늘 정말 황당한 일이 있었었거든? 들려줄게.

때는 점심 후. 장소는 나와 경민이만의 비밀 아지트. 그곳에 친구 경민과 함께 담배를 피러 갔어. 아 참, 경민이는 중학교 때부터 친구지. 경민이를 만난 후부터 아지트를 연연했으니……, 그때부터 이 일이 시작인 셈인가? 난 여느 때처럼 담배를 피우고 있었어. 그런데 저 멀리서 어디선가 많이 본 사람이 점점 가까워지는 거야. 으억! 망했다! 저번 주에 새로 오신 열혈 체육선생님이야. 우리 학교의 군기를 잡겠다며 선언하신 지 어언 일주일, 수많은 학생들의 머리가 짧아지고 옷차림이 단정해졌으며 학교가 깨끗해졌지. 각설하고, 뛰어!

"야, 경민아, 뛰엇!"

"야! 거기서!"

'으윽, 헥헥! 숨이 차네, 담배를 너무 많이 폈나 봐. 눈이 흐려지네…….'

'꽈당!'

"으하하, 잡았다, 이놈!"

난 김경민이야, 윤도랑은 중학생 때부터 친구지. 난 절대 담배를 피우지 않아. 하지만 난 건강이 걱정이 돼. 지금 6년째 윤도랑 같이 다니는데, 뉴스에 보니 간접흡연이 더 나쁘다던데……. 아 참, 근데 오늘 황당한 일을 겪었다.

낮에 윤도랑 아지트를 갔지. 거기서 윤도는 담배를 피우더라고. 내가 그렇게 피지 말라고 했건만, 며칠 안 피우는가 싶더니 담배를 끊는 게 안 된다고 그러더라고. 손이 떨린대나 뭐래나. 근데, 저어~기 멀리서 누군가 오는 거야. 오잉! 난 눈이 번쩍 뜨였어. 몸이 떨리기 시작했지. 저기서 오는 저 사람은 그 유명한 열혈 체육선생님이야! 여긴 어떻게 알았지?

"경민아, 튀엇!"

저 멀리 사라지고 있는 윤도군. 고맙다. 고마워.

"거기 서라!"

"으아, 잡히면 죽는다. 뛰어!"

'꽈당!'

어라? 윤도가 잘 뛰다가 넘어지지 뭐야. 헉헉, 난 뒤도 안 돌아 보고 뛰었지. 윤도가 걱정되긴 돼.

"으하하, 잡았다, 이놈!"

으, 잡혔나 봐, 윤도야 너의 명복을 빈다! 헉, 헉. 그런데 난 왜 이렇게 힘든 거지. 평소에 운동도 꾸준히 하는데 이 정도 달렸다고 지치다니. 쩝~, 나도 전성기는 지났나 봐. 헉, 헉. 에고. 하늘이 노랗다.

'꽈당!'

윤도와 경민, 그들은 한창 젊음을 꽃 피울 나이인 고등학생이다. 하지만 그들의 약한 체력, 왜 그럴까? 담배 때문은 아닐까? 그들의 몸 속에 들어가 본다.

담배 이야기

대 지구 침략용 특수 부대 Tobacco 부대의 연병장.

"제군들!"

"옛, 썰!"

Tobacco 부대의 총 대장, 빛나는 영웅, 소리 없는 킬러라는 빛나는 명성을 가지고 있는 타르의 외침에 힘차게 대답하는 2000여 종의 유해 화학병들. 그들은 각각 중대장 니코틴, 용병 대장인 일산화탄소의 지휘 아래 질서 정연하게 서 있었다.

"이것을 보아라, 제군들! 우리의 목표인 지구인 황폐화 프로젝트의 결과물이다!"

"우와아, Tobacco 만세! 타르 총 대장 만세!"

"후훗, 끊임없는 공격으로 인해 지구인의 흡연률이 나날이 증가하고 있다. 특히 10대라는 젊은 지구인들의 흡연률 증가는 우리 행성의 지구 침략 가능성을 높여 주고 있다! 이 공은 습관성 중독을 일으키는 니코틴의 영향이 크다고 할 수 있다. 모두 박수!"

"우와아! 니코틴!"

"니코틴!"

그 함성을 들은 니코틴은 괜히 몸이 으쓱해지는 것을 느꼈다. 얼굴이 붉어지는 것을 괜히 참은 그였다.

타르 총 대장은 그 장면을 흐뭇해 하다가 다시 정색을 하며 말을 이었다.

"크흠, 지금부터 우리는 주류연호와 부류연호에 각각 나누어 탑승, 지구인 황폐화하기 프로젝트에 돌입한다. 훗, 미개한 지구인들! 자신과 남들에게 피해가 되는 줄도 모르고 중독되어 꼬박꼬박 돈을 내고 우리들을 사다니, 하하하!"

그때, 어디선가 들리는 급박한 외침.

"불이다! 지구인이 불을 붙였다!"

"이때다. 연료 발진! 제군들! 건투를 빈다!"

"우아아아!"

"주류연호로 가는 제군들은 필터가 있어서 힘들 것이다. 우리는 그곳을 빠져나와 지구인의 손과 입술로 침투한다. 부류연호로 나가는 제군들은 힘들 것이 없다. 그대들의 무서움을 만방에 떨쳐라!"

"와아!"

"흠, 니코틴, 자네는 지구인의 중추 신경 및 말초 신경을 자극하고, 마비시켜라!"

"옛, 썰!"

"용병 대장 일산화탄소! 자네는 헤모글로빈을 산소에게서 뺏아 지구인의 산소 이용률을 마비시켜라!"

"옛, 썰!"

타다다닥, 니코틴 부대와 일산화타소 부대가 떠나가는 것을 보고 타르는 결의에 찬 표정을 짓는다. 하지만 이미 다른 타르들에 의해 집게손가락이 검게 변해 있는 지구인을 보고선 모든 일이 순조롭게 풀린다고 생각했다.

"용사들이여! 우린 폐로 들어가 폐암을 유발시키자!"

그는 특수 훈련을 받은 정예 부하들과 함께 급하게 달려가기 시작했다. 입을 지나면서 표피 세포를 파괴하고 만성 염증을 일으키는 등의 만행을 저지르는 것을 잊지 않았다. 기도의 입구에 도착했을 때, 저 멀리서 기관지의 섬모세포에서 검문을 하고 있는 것을 발견했다. 그곳에선 섬모세포가 먼지를 잡아 밖으로 쫓아내고 있었다.

"야! 10μmg 이상 크기의 먼지들은 다 나가!"

"야, 거기 너 ! 어딜 들어오려고 그래! 나가!"

"으악, 윽!"

검문에서 걸린 10μmg 이상 크기의 먼지들이 가래와 함께 밖으로 쫓겨나기 시작했다. 타르는 온몸에서 식은땀이 흐르는 것을 느낄 수 있었다. 하지만 자신의 크기는 1μmg 이하, 잡힐 염려는 없다.

"여~, 수고하십니다."

"어, 너 뭐야. 흠, 수상한데……? 크기는 1μmg 이하네. 통과!"

타르는 천연덕스럽게 인사까지 건네는 뻔뻔함을 보였다. 하지만 그는 속으로 10년 감수할 뻔 했다며 자신을 달래고 있었다. 그는 안전하게 폐 안으로 들어갈 수 있었다.

"에잇, 죽어라!"

"으악, 뭐, 뭐야!"

타르는 폐포 세포에 몰래 접근해 그들을 급습, 큰 손상을 입히고 그 결과 비정상적인 세포가 폐에 나타나기 시작해 폐암을 발생시킨다. 또한 타르는 혈액을 따라 온몸을 돌며 각종 세포들을 공격하기 시작했다.

타르에게 중요한 임무를 받은 니코틴. 그는 작전에 투입된 지 약 7초 만에 목표물인 뇌에 도달할 수 있었다. 니코틴의 약리 작용 중 가장 중요한 것이 심리적 효과였다. 니코틴은 신경절에 자극, 일시적 정신적 안정감을 느끼게 하고 긴장감을 해소시켜 지구인을 안심하게 만들었다.

"후훗, 이 정도면 지구인들은 안심하겠지? 하하!"

"하핫, 지구인 황폐화시키기 프로젝트의 가장 큰 공신은 나잖아? 이거 괜히 으쓱해지는데."

확실히 이런 니코틴의 큰소리에는 근거가 있었다. 이런 효과를 통해 니코틴은 습관성 중독을 유발해 담배를 계속 피우도록 만든다.

"멍청한 지구인들, 서서히 몸이 썩어가는 줄도 모르고, 쯧쯧."

니코틴은 모세 혈관을 수축시켜 혈압을 상승시켰다. 한 개비 안에 들어 있는 자신들의 동료들에 의해 적어도 지구인은 20~30mmHg의 혈압이 상승될 것이다. 또한 니코틴은 부대를 이끌고 자유 지방산의 유리를 촉진, 콜레스테롤의 양을 증가시켰다. 이것으로 인해 동맥벽에 플라그가 생기고 동맥경화로 이어질 것이다. 니코틴은 자신이 저지른 행동을 보며 매우 흐뭇해 하고 있었다. 지구인의 입장에서 보면 이것은 만행이지만 그들의 입장에서 보면 이것은 매우 큰 성과인 것이다.

담배 연기의 약 2~6%를 차지하는 일산화탄소. 그 부대의 대장인 CO는 자신들의 많은 병력을 보며 흐뭇해 하고 있었다. 그는 타르의 명령에 따라 재빨리 혈액으로 침투했다. 혈액 속에서 그들은 서로 사랑을 속삭이고 있는 산소와 헤모글로빈을 치사하게 갈라놓았다.

"유후~, 헤모글로빈 여러분들 여길 보시죠."

"꺄악, 너무 잘생겼다. 저 품에 한 번 안겨 봤으면……."

그렇다. 일산화탄소는 자신들의 외모로 헤모글로빈을 유혹하기 시작했다. 자신들의 과학력으로 판단한 결과 헤모글로빈이 자신들에게 반할 확률은 산소보다 약 210배 더 높았기에 그들은 자신감이 있었다.

"훗, 여러분들 저희와 함께 가실까요?"

"네, 네!"

얼굴을 붉히는 헤모글로빈들. 그리고 그에 격분한 산소들.

"너, 너! 날 배신하는 거야? 언제 만났다고……."

"흥, 사랑은 움직이는 거야, 가요, 일산화탄소님."

그 광경을 허무하게 바라보는 산소들은 어이가 없었다. 그렇게 일산화탄소는 헤모글로빈들과 결합하여 일산화탄소-헤모글로빈(HbCO)을 만들어 혈액의 산소 운반 능력을 저하시켰다. 자신들의 성과로 인해 흡연자들의 산소의 이용률이 떨어질 것을 생각하니 어깨가 으쓱해졌다.

* * *

자신 때문에 건강이 나빠진 경민을 본 윤도, 자신이 핀 담배 때문에 남이 피해 받는다는 생각을 하니 자책감이 느껴져 진심으로 금연할 것임을 결심했다. 그는 학교 보건 선생님께 창피함을 무릅쓰고 상담을 받으러 갔다.

"드르륵"

"수고하십니다."

그곳엔 후덕하게 생기신 보건 선생님께서 뭘 하고 계셨는지는 모르겠지만 노트북 자판의 ALT와 TAP키를 재빠르게 누르고 계셨다.

"흐흠, 선생님, 요즘 새로 나온 별전쟁Ⅱ 하고 계셨죠?"

눈치가 빠른 윤도였다.

"무, 무슨 소리? 난 학생들이 상담소에 올린 글을 보고 있었어."

허! 어느 순간에 켰는진 모르겠지만 상담소 홈페이지가 켜져 있었다. 보건 선생님과 윤도는 매우 가까운 사이다. 윤도가 담배를 핀 걸 처음 안 사람이 보건 선생님이었다.

"무슨 일? 또 담배 피우다 불에 데였냐?"

아픈 과거를 떠올리게 하는 선생님.

"그게, 아니고요. 저 이제부터 금연하려고요. 저 좀 도와주세요!"

"내가 그렇게 그렇게 하라고 할 때 무시하더니! 이제 정신 차렸냐? 흠, 어쨌든 좋은 선택이다. 담배, 그거 좋을 거 하나도 없어. 특히 청소년 때 피는 담배는 정말 독이지. 담배 연기와 직접 접촉되는 구강, 식도, 폐, 기관지의 암은 90% 정도가 흡연 때문이야. 이것 봐 으으, 끔찍하지?"

"엑, 이게 다 담배 때문이라고요? 정말 심각하네요."

"혹시 알아? 네 몸에 이런 게 있을지, 너 벌써 6년째 흡연중이라며!"

겨울도 아니건만 몸이 덜덜 떨리는 윤도였다.

"너 하루에 얼마나 피냐? 응?"

골똘히 생각하는 윤도, 표정이 점점 일그러지기 시작한다.

"저……, 한, 한 갑 정도요?"

"야! 너처럼 20세 미만의 청소년이 하루에 한 갑 이상의 담배를 피울 경우 폐암의 상대 위험도는 비흡연자에 비해 24배나 높다고! 얼마나 심각한 줄 알겠어?"

"24배요!? 1,2,3,4,……10,20,24! 24배? 헉, 선생님, 저 죽는 건가요. 죽기 싫어요, 흑흑."

윤도는 24배나 위험이 높다는 말에 정말 충격받은 듯했다.

"야, 누가 죽는대? 그만큼 위험하다는 거지. 아, 참! 그리고 너, 경민이까지 건강이 나빠졌다며? 간접 흡연이 얼마나 위험한지 알아?"

"간, 간접 흡연? 자기가 담배 피우는 것도 아닌데 그렇게 위험해요?"

"당연하지, 임마! 이거 봐봐!"

"담배 연기는 주류연, 부류연으로 나눠. 간접흡연의 피해는 다 부류연 때문인데, 부류연은 담배 연기 속의 모든 독성 물질이나 발암 물질이 걸러지지 않고 체내에 그대로 들어오고, 또 입자의 크기가 매우 작아서 폐 깊숙한 곳까지 들어와 쌓이게 되어서 그 피해가 매우 크다고. 너보다 경민이가 더 몸에 안 좋아!"

"크흑, 경민아. 미안하다! 선생님 어떻게 하면 금연에 성공할 수 있죠? 제가 몇 번 해봤는데 그때마다 머리가 어지럽고, 가래가 생기고, 기침이 나고, 손도 떨리고, 장난 아니였어요! 어떻게 해야 되는 거죠?"

"그게, 금단 증상이란 거야. 초기에는 심하면 정신분열증까지 온다니. 담배 끊겠다는 좋은 마음먹고도 금단 증상 때문에 다시 흡연하는 사람들이 적지 않아. 금단 증상을 이겨내는 게 제일 중요해. 금단 증상을 이겨내는 방법은 많지."

"뭔데요! 네? 뭐~에요?"

"가장 좋은 방법은 담배 생각이 나지 않도록 다른 데에 집중하는 것이야. 너, 야구 좋아하잖아. 일단 담배 생각이 날 때마다 운동에 집중하여 담배를 피우지 않는 것이지.

흠, 그게 안 된다면 현대 과학의 힘을 빌려야겠지? 흠 일단 니코틴 패치가 있어. 니코틴 패치는 몸에 탈착할 수 있는 건데, 밴드 알지? 상처 날 때 붙이는 거. 그거랑 별 반 다를 거 없어. 담배를 못 끊는 이유가 뭐야? 니코틴 때문이잖아. 니코틴 패치는 네 몸이 요구하는 니코틴을 공급하는 거야. 근데 유의할 점! 너 절대 패치는 붙이는 도중에 담배 피면 안 된다? 그때 담배 피면 네 몸에 니코틴이 들어가는 양이 2배가 되어 오히려 건강에 나쁘다고!

그리고 만약 한 번에 끊기가 매우 어렵다면 단계적으로 차츰 줄이는 것도 효과적이라 할 수 있어. 네가 하루 동안 피우는 담배의 니코틴 양을 알아보고 서서히 그 양을 조금씩 줄여나가는 것이지. 하루에 한 갑씩 피우고 있었다면 내일부터 조금 줄여서 하루에 15개비 정도만 피우는 거야. 물론 조금씩 참으면서 담배를 피우는 개수를 체크해야 줄일 수 있겠지? 그렇게 한 달씩 아니면 몇 달씩 천천히 줄여나가다가 보면 나중에는 하루에 한두 개비 피우게 되고, 그러다 보면 나중에는 안 피울 수 있게 되겠지?

뭐, 선생님이 해 줄 수 있는 조언은 여기까진 것 같다. 수고해라, 꼭 성공해!"

"네, 선생님. 감사합니다. 이 은혜는 잊지 않을게요!"

자신과 친구의 건강을 위해 부단히 노력한 윤도는 철저한 계획을 세워 자신의 니코틴 양을 서서히 줄여나가기를 반복하여 드디어 담배를 끊을 수 있게 되었다.

이야기 속 학습 내용			
학년	고등학교 2학년	과목	생명과학
단원	호흡	주제	흡연

1 담배 속 유해 물질

가. 타르

　①특성 : 목재나 석탄 등의 유기물을 건조, 열분해할 때 생성되는 갈색 또는 흑색의 점
　　　성을 가진 물질로서, 발암 물질을 함유하여 암을 유발하고, 기관지 내의 섬모 세포
　　　를 파괴한다.

　②영향 : 기관지염, 폐암, 구강암, 후두암, 식도암, 방광암 등.

나. 니코틴

　①특성 : 담뱃잎에 주로 들어 있는 담황색의 수용성 액체로 염기성을 띠며 신경계에
　　　영향을 미쳐 습관성 중독을 유발하고, 모세 혈관을 수축시켜 혈압을 높인다.

　②영향 : 중독성, 고혈압, 동맥경화증, 골다공증 등.

다. 일산화탄소

　①특성 : 탄소 1 원자에 대해 산소 1 원자가 결합한 화합물(CO)로 무색, 무취의 유해
　　　기체로서 산소보다 헤모글로빈과의 결합력이 약 210배 정도 더 높아 혈액의 산소
　　　운반 능력을 감소시킨다.

　②영향 : 호흡 곤란, 시력 감퇴, 두통, 학습 능력 저하 등.

2 흡연과 질병

가. 호흡기에 큰 영향을 미치며, 그 외 순환기, 소화기, 배설기, 생식기에도 영향을 미
친다.

나. 청소년의 흡연은 신체 발육 및 두뇌 발달에 영향을 주고, 임산부가 흡연을 하면
기형아나 유산의 위험이 높다.

3 간접 흡연

흡연자에 의해 발생한 주류연과 부류연이 비흡연자에게 흡입되어 담배를 피우는 것
과 같은 효과를 나타낸다.

가. 주류연 : 담배를 피우는 사람의 폐까지 들어갔다가 나오는 담배 연기로, 간접 흡
연의 약 15%를 차지한다.

나. 부류연 : 생담배가 타는 연기로, 간접 흡연의 약 85%를 차지하며, 주류연에 비해
독성 화학 물질의 농도가 매우 높다.

9

Storytelling and Life Sciences

배설-오줌생성

'고수레~'는 무슨 말일까?

Q '고수레~'는 무슨 말일까?

"아들아, 밖에서 놀지만 말고 이리 와서 송편 빚는 것 좀 도와주려무나. 내일 친척분들이 많이 오시니 네 도움이 좀 필요하구나."

흠칫. 작년에 송편을 빚던 악몽이 떠오른다. 할아버지 댁에는 고모 다섯 분, 작은 아버지 여덟 분이 계신다. 명절 때마다 음식 준비하는 수고로움을 감수해야 한다. 나는 송편을 빚고 계신 할머니 옆자리에 앉았다. 따듯한 아랫목의 열기가 엉덩이부터 온 몸으로 퍼지는 게 느껴졌다.

"할머니, 재미있는 이야기 좀 해주세요. 송편 빚는 게 지루해서 도저히 못하겠어요."

"우리 손주, 많이 지루했나 보구나. 옛날 옛날에, 조선시대였던가, 고려시대였던가. 아니 삼국시대였던가? 아주 오래 전에 아주 착하고 심성이 좋으며 부지런하기로 동네에서 이름났던 사람이 있었어요…….."

정겨운 할머니의 목소리와 구들장의 따스한 열기에 잠이 솔솔 왔다.

"이봐, 일어나 봐. 여기서 자면 어떡하나. 이런 이런……, 웬 아이가 이 추운 곳에서 자고 있담? 먼저 집으로 데려가야겠다. 웃샤!"

얼마나 지났을까 아이가 눈을 떴다. 아이의 옆에는 수염이 입을 덮고 덩치가 큰 남자가 앉아 있었다. 그는 무언가 중얼대며 꾸벅꾸벅 졸고 있었다. 어젯밤 발견한 아이를 간호하느라 잠을 못 잤으리라. 잠에서 깬 이불에서 나온 아이는 두리번거리더니, 이내 벌벌 떨며 이불 속으로 다시 들어간다. 어둠 속에서 개구리 우는 소리만이 들려온다. 아이는 몸을 뒤척이더니 곧 잠잠해진다.

먼 하늘에서 동이 트고 따스한 햇살이 문풍지를 통해 아이를 비춘다. 밝은 태양빛에 아이가 잠이 깼다. 그런데 이게 웬일, 주변에는 온통 몸이 제대로 작동하지 않거나 시름시름 앓는 사람들 뿐이었다. 아이는 엄마를 불러보지만 거들떠보는 이 없고 아이는 이내 슬픔에 빠진다.

"물…… 물 좀 주시오."

다급한 소리에, 아이는 옆에 있던 바가지를 들고 밖으로 나간다. 집 근처에 있는 샘까지 맨발로 내달리며 간다. 물 한 바가지 뜨고 두 손으로 받쳐 조심조심 돌아온다. 밖에서 본 집은 다 허물어져 가는 흙집이었고 지붕은 대강 판자로 얼기설기 걸쳐져 있었다. 물을 달라던 환자에게 다가가 물을 조금씩 먹여주었다. 그때 덩치가 크고 둥글둥글한 얼굴에 선한 눈매를 가진 사람이 들어온다. 그는 필시 이 집 주인이리라. 그리고 소년과 환자 곁으로 다가와 환자의 발을 유심히 쳐다본다. 그의 발은 심하게 무뎌져 있었다. 무언가에 찢겨져 피가 굳어 있었고 동상에 걸려 부어 있었다.

남자가 환자의 발을 치료하며 아이에게 말을 건넨다.

"넌 어젯밤 길가에 누워 있던 아이가 아니냐. 어떻게 해서 그곳에 혼자 있게 됐느냐?"

아이는 무언가 회상하더니 다시 슬픔에 빠진다.

한동안 그들 사이에 침묵이 흘렀다.

"아야얏! 살살 좀 해주시오."

"아이야, 저기 서랍 안에 침통과 헝겊 좀 가져오너라."

"아, 네."

치료는 한 시간 가량 진행되었다. 집 주인은 능숙한 솜씨로 환자에게 침을 놓아주고, 정성껏 약을 달였다. 치료가 끝나고 남자는 아이를 불러 계곡이 보이는 곳으로 데려갔다. 아이와 남자가 있는 산 밑에는 마을이 하나 있었다.

침묵을 깨고 남자가 말을 건넨다.

"네가 어떤 사연이 있었는지 모르겠다만 갈 곳이 없다면 나와 함께 저 아픈 사람을 돌보지 않겠느냐?"

"네? 아, 네!"

"좋다. 일당은 하루에 한 푼이면 되느냐?"

아이의 얼굴은 밝아졌다. 자신이 돈을 벌 수 있다는 생각에 놀라기도 했으리라.

"맡겨만 주세요. 제 이름은 정호입니다. 그런데 아저씨 아니, 할아버지께선 왜 이런 일을 하시는가요? 환자에게 돈도 받지 않고?"

아이의 물음에 잠시 생각에 잠기더니 입을 연다.

"사실 나는 정승까지 지냈었단다. 남 부러워할 것 없던 생활을 했었어. 그러던 중 내게 불치병, 간암이 왔어. 내가 가진 부귀영화 모든 걸 접고 고향으로 내려와 쉬고 있었단다. 죽을 날만을 기다리며 살아갔지. 그런데 어느 날, 여느 때처럼 의원에게 검진 받으러 가던 중에 제대로 진료 받지도 못하고 병원 앞에서 죽어가던 환자 하나를 보았단다. 그를 의원에게 데려 갔더니 그에게 약간의 치료만 있으면 살 수 있다고 의원이 말했단다. 집으로 돌아오면서 많은 생각을 했어. 그때부터 아픈 사람을 위해 직접 내가 고쳐주기로 마음먹었단다. 환자에게 돈을 받지 않지만, 환자들이 주는 음식은 그들의 정성을 봐서 받기도 한단다. 그래, 그 외에 궁금한 건 없느냐?"

"그런데 꽤 깊은 산 속에서 사시네요."

"그건……, 마을에 있던 의원들이 장사가 되지 않는다고 떠나라고 하더군. 그래서 이곳까지 온 것이야. 본명은 길동이나 사람들은 고씨라고 흔히 부르더구나."

그때 한 환자가 들것에 실려 온다.

"어윽, 술 냄새."

아이는 얼굴을 찌푸린다.

"어서, 이곳으로 데려 오시오."

그는 환자에게 약초와 둥글게 빚은 약을 갈아 물에 태워 마시게 한다. 어느덧 환자가 깨어난다. 남자는 아이에게 나무 막대 하나를 가져오라고 한다. 아이가 건네준 막대기를 잡고 그는 환자를 마구 때리기 시작했다. 갑작스런 상황에 놀란 아이는 울기 시작했다. 남자의 이상한 행동이 끝나고 남자는 누워 있는 환자를 붙잡고 울기 시작했다.

"아이고, 이 자식아. 언제 철이 들 요령이냐. 너도 그만 이 아비 꼴이 되고 싶으냐. 내 너만은 나처럼 만들고 싶지 않았거늘 왜 그리도 술을 좋아하는 것이냐. 내 목숨이 이제 다 되감을 매일매일 느끼며 사는데 너는 어찌된 일인지 하루가 갈수록 술을 더 마시고 이런 꼴을 보이느냐. 이제 내 목숨이 다해 가거늘……."

매를 맞던 환자는 아파서 울고, 집 주인은 아들을 붙잡고 울고 아이는 놀라서 운다. 온 집이 울음바다가 되었다.

아이는 그 일이 있은 후 그 집을 떠났다.

십사 년 후, 아이는 청년이 되어 우연히 이 마을을 지나게 된다. 마을 사람들에게서 고씨의 소문을 듣는데, 그는 이미 이 세상 사람이 아니었다고 한다. 마을 사람들은 모두 그를 존경하고 있었으며 그의 따뜻한 마음씨에 고마워했다. 그의 도움을 받은 마을 사람들은 그를 잊지 못해 그의 사당을 짓고, 그들에게 잔치나 새참시간이 있을 때, 첫 음식을 고씨에 게 준다는 의미로 땅에 던진다. 이때 '고씨네, 고씨네'라고 외친다. 마침 잔치가 시작이 된 터였다. 마을 사람들은 음식을 던지며 술을 흩뿌렸다.

"고씨네……. 고씨네……."

"고씨네……."

"……?"

하아암. 꿈이었나?

어디선가 남자 어른 목소리가 호탕하게 들려온다.

'무슨 소리이지?'

나는 소리가 나는 곳으로 가기 위해 신을 신고 마당으로 나갔다. 보름 달이 제법 모양을 갖추고 비스듬히 떠 있었다. 냄새를 맡아보니 마당 중 앙에 천막에서 고기 파티를 벌이고 있는 게 틀림없었다.

'아니, 나만 빼놓고 파티를 하다니. 그건 안 되지.'

천막 사이로 헤집고 들어가자 아버지께서 부르셨다.

"오, 아들! 잘 왔다. 마침 고기도 다 익었겠다."

"아들 눈이 총명한 게, 거 되게 똘똘하게 생겼구먼."

"하핫. 다 이 애비를 닮아서 그런 게지."

"무엇이? 자네 좀 취한 것 아닌가? 하하."

"아니, 취하지 않았네. 그건 그렇고. 이 술이 어떤 술인지 아는가? 이 술로 말하자면 3년 숙성시킨 뱀술이라네. 이건 취하지도 않는 술이야. 이 런 술은 돈으로 주고도 못 먹을 술이네."

라고 말하시고는 갑자기 술병을 팔뚝으로 툭툭 치시더니 뚜껑을 열어 땅 에 흩뿌리신다.

"아니, 아버지. 그 귀하단 술을 왜 버리시나요?"

"음? 그냥 관습적으로 한 건데. 글쎄다…… .아마 술 위층에 찌꺼기를 제거하려고 이런 관습이 시작된 게 아닐까? 이런 술은 찌꺼기가 많이 있는데 이렇게 툭툭 쳐서 위로 모은 다음 그걸 버린다던가? 아빠도 잘 모르겠구나."

찌꺼기를 제거한다. 아하! 고수레를 할 때 이런 비슷한 행동을 하던데 혹시 고수레에서 발전된 관습이 아닐까?

"고기 탄다. 아들아. 무슨 생각을 골똘히 하니?"

"아, 아니에요."

고기 몇 점을 주워 먹으며 아버지를 봤는데, 뱀술 귀한 거 어찌 잘 아시고 그렇게 술을 드시는지……. 너무 많이 드실 것 같아 걱정되었다.

"참, 아버지! 생물 선생님이 그러셨는데 술 많이 드시면 안 된데요."

"그럼~, 아버지가 어디 술 많이 먹는 것 봤니?"

옆에 계시던 고모부께서, "자네가? 아까 술병 따던 모습이 예술이던걸. 한두 번 해본 솜씨가 아니야."

난 씩 웃으며 아버지를 쳐다보았다.

"아, 아들아 오해하지 마렴. 술을 단시간에 많이 마시면 반드시 몸에 해가 돼. 그러나 오랜 기간 조금씩 마시는 것은 오히려 건강에 도움이 된다더구나. 우리 몸은 술을 정화시키고 그 배설물을 배출시키는데 하루에 한 잔은 몸이 수용할 수 있는 정도로, 간에 다 정화되고 그 배설물은 오줌으로 나온단다."

간은 인체의 화학 공장이니까. 그런데 어떤 과정을 거쳐 배설물이 생성되는 것일까? 그리고 어떻게 몸 밖을 빠져나갈까? 전자는 간의 해독 작용 단원에서 배운 기억이 나는데 후자의 의문에 대한 원리는 도저히 기억나지 않았다.

'분명히 생물시간에 배웠는데……'

배설 이야기

　포도당과 나트륨과 단백질은 3년을 뱀술 병 안에서 동거동락해 오던 사이였다. 포도주와 친구는 오래될수록 좋다고 했던가. 그들 셋은 서로 창자를 내보일 수 있을 만큼 거리낌이 없었다. 그러나 그들의 우정을 하늘이 시기라도 한 듯이, 그들을 사람의 입 속으로 집어넣었다.

　"나트륨, 요소야, 지금 잠시 헤어지지만 언젠가 다시 만날 날이 있을 거야. 그때 다시 옛날처럼 친하게 지내자. 흐윽! 이제 나 먼저 가봐야 할 것 같다." 하고는 포도당이 거대한 입 속으로 빨려 들어갔다. 연이어 나트륨, 단백질이 빨려 들어갔다.

　– 며칠 후–

　"아니 나트륨아! 여기서 보게 되다니. 되게 반갑다. 하핫!"

　"어! 포도당이구나! 이게 얼마만이야? 반갑다 그래. 그런데 여기 볼 게 되게 많더라. 그지?"

　"이곳은 처음 와 보는 곳인데……. 여기가 신장이 맞나?"

　"맞아, 여기 처음 와 보는 것이면 내가 소개해 줄게. 너 원래 모험 같은 것 좋아해서 3년 내내 갇히기 싫다고 우리한테 떼 썼잖아."

　"하하. 애는 떼는 누가 썼다고 그러냐. 참, 단백질 못 봤어?"

　"아까 만났는데……. 이제는 단백질이 아니라 요소라 하면서 나를 피하는 것 같았어. 왠지 생긴 게 뭔가 달라 보이더라고…….

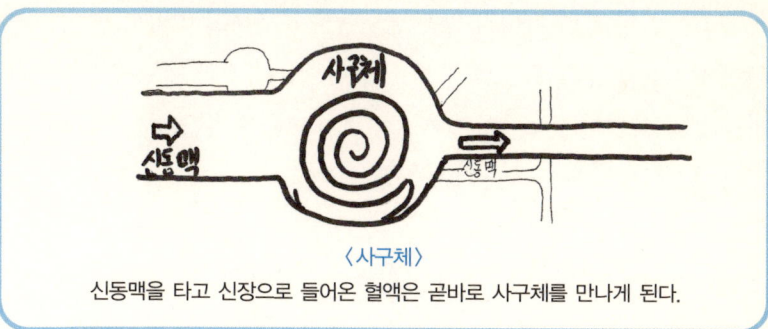

〈사구체〉
신동맥을 타고 신장으로 들어온 혈액은 곧바로 사구체를 만나게 된다.

아까 간을 지나갈 때에 잠시 들었었는데, 몸 안에서 단백질이 분해될 때에 암모니아가 발생한다고 했어. 그 암모니아는 사람에게 독성을 나타내기 때문에 간에서 독성이 적은 요소로 바꾼다고 해! 아마, 우리의 옛날 친구인 단백질은 지금 요소의 형태가 되어 있을 게 분명해! 그래서 그 요소를 따라 갔는데 얼마나 빠른지……. 그 속도면 이 지도상의 B지점까지는 갔을 거야. 우리는 A지점에 있고……. 참 C지점에 경사가 급한 길이 하나 있는데 거기 되게 스릴 있어. 요소랑 너랑 나, 같이 놀러 가는 게 어때?"

"좋은 생각이야."

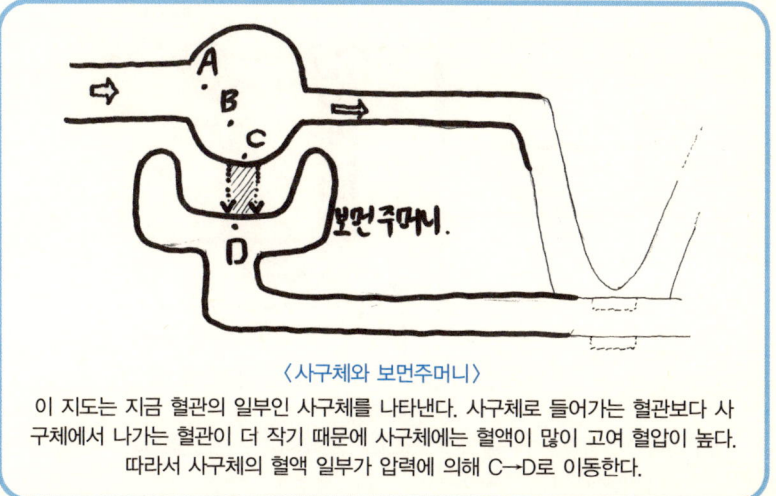

〈사구체와 보먼주머니〉
이 지도는 지금 혈관의 일부인 사구체를 나타낸다. 사구체로 들어가는 혈관보다 사구체에서 나가는 혈관이 더 작기 때문에 사구체에는 혈액이 많이 고여 혈압이 높다. 따라서 사구체의 혈액 일부가 압력에 의해 C→D로 이동한다.

사구체는 넓을 뿐 아니라 많은 물질들을 포함하고 있었다. 얼마 가지 않아 요소를 발견할 수 있었다. 요소는 나트륨이 말한 대로 우리를 피하려고 했다. 그러자 포도당이 날쌔게 다가가 그를 불렀다.

"요소야~! 왜, 왜 그러는 거야. 나를 봐봐."

요소는 애써 둘을 외면하였다.

"허, 참……. 말도 안 하고 저렇게 있으니 대체 누가 애를 저렇게 만든 거야. 나트륨아, 네가 좀 달래 봐."

"요소야, 우리 놀러갈까? 요기 보면주머니 쪽으로 말이야."

그러자 요소는 질겁했다. 요소는 입을 굳게 다물고 고개를 떨구었다. 며칠 사이에 많이 변해버린 요소를 보며 한숨짓던 포도당은 나트륨에게 다가온다.

"뭐 좀 알아낸 것 있어?"

"보면주머니를 따라가면 세뇨관이 나오고 집합관이 나와. 그런데 별 이상한 곳은 없던데……? 자세히 볼까?"

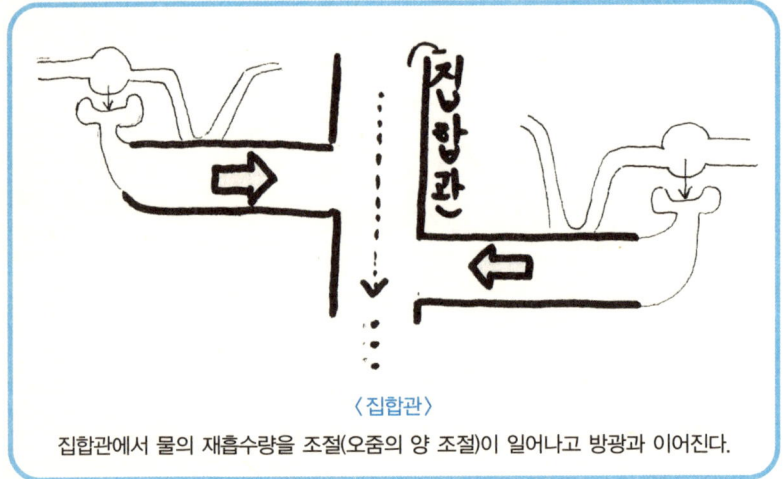

〈집합관〉

집합관에서 물의 재흡수량을 조절(오줌의 양 조절)이 일어나고 방광과 이어진다.

"아니! 방광과 이어지면 밖으로 나간다는 말이잖아. 흠, 그런데 너는 왜 방광으로 안 가고 무사히 돌아올 수 있었지?"

"난, 재흡수……"

무언가를 말하려다가 다시 입을 다문다.

"재흡수?"

"포도당, 이 자료를 좀 봐."

하며 나트륨이 무언가를 꺼낸다.

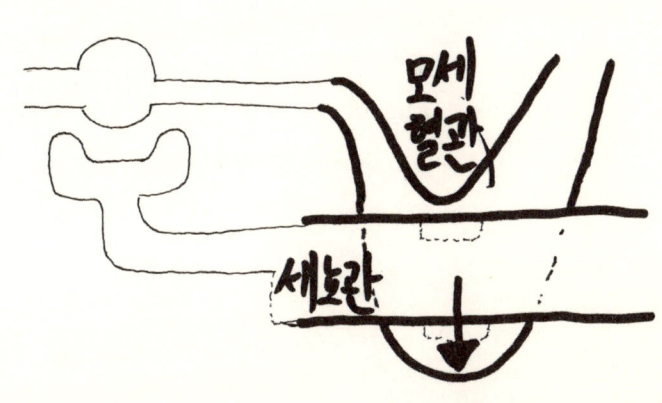

〈 모세혈관과 세뇨관에서의 재흡수 〉

➡ : 세뇨관에서 모세혈관으로 흡수되는 과정으로 물질마다 흡수 방식이 다르다. 포도당·아미노산의 경우, 자신이 직접 몸을 변형시켜 포도당을 옮기는 분자(능동수송분자)가 세뇨관 벽에 붙어 있어 포도당을 100% 재흡수한다. 무기염류는 99% 능동수송과 확산에 의해서 흡수된다. 그러나 요소는 불필요한 물질이므로 배설되어야 하지만 물을 재흡수함에 따라 요소도 어쩔 수 없이 확산에 의해 흡수된다. 자그마치 50%나…….

"잠깐, 요소가 재흡수 되는 것이 '불필요' 하다……?"

"그렇단 말은 요소를 제거하는 것이 이곳의 임무? 이럴 수가…… 요소가 이 사실 때문에 무언가 상처받은 것이 있을 게야. 그걸 알아내야만 해."

"요소야, 혹시…… 네가 여기서 차별대우를 받아서 그런 거야? 네가 몸에게 이용당하고 버림받는 것 같아서 그런 거니? 우리에게 말 좀 해주라."

"아니……."

"아니라면 무엇이지?"

"너희들은 몰라. 아무짝에도 쓸모없는 나를……."

"누가 그러든? 네가 쓸모없다고?"

"…….'

"요소야! 넌 우리에게 아주 소중한 존재야. 네가 만약 우리 곁에 없다면 우리는 널 찾아 지구 끝까지 따라 갈 거야! 그지? 포도당아?"

"그럼, 물론이지. 친구 따라 강남 간다. 몰라?"

"푸하하하. 네가 그런 말 하니까 웃긴다."

포도당은 조심스레 요소의 얼굴을 살폈다. 다행히 요소는 특유의 웃음을 지으며 옛날 그의 모습을 회복한 것 같았다.

"그럼, 우리는 언제나 같이 붙어 다니기로 약속하는 거다."

"……"

"요소야?"

"어, 당…… 당연하지!"

"좋았어. 우리 모두 이 사람의 몸에서 다같이 나가는 거야! 나트륨아, 너와 내가 이곳을 나갈 확률은 얼마나 되지?"

"지금 보면주머니로 가기만 하면 몸 밖으로 배출될 수 있을 거야! 그렇게 걱정할 필요는 없어. 다만……"

"다만……? 뭔데 말을 흐리는 거니?"

나트륨은 이미 알고 있었다. 그들은 절대 함께 인체를 나갈 수 없다는 것을…… 그러나 그녀는 다른 방법이 없음을 알았다. 그래도 확률에 의존해 좌절하기보다는 1%밖에 안 되는 희망에라도 의존하고 싶었다.

"먼저 우리는 자연에서 두루 적용되는 법칙을 받는다는 것이야. 그 법칙은 '확산'이라고 하는데, 농도가 낮은 곳에서 농도가 높은 곳으로 이동하는 자연의 원리란다. 쉽게 말해 모든 물질은 자신과 동일한 물질을 피해 빈 공간으로 가려는 성질이 있는 것이지. 가령 여기 컵 2개가 있고 공이 각각 2개씩 있는 경우와 컵 2개에 공이 각각 3개, 1개씩 있는 경우를 생각해 보자.

두 컵을 합친다고 할 때 Ⅱ의 공 1개가 화살표 방향으로 이동하는 현상이 확산이야. 우리는 물질에 해당하고 우리는 물 속에 녹아 있는 상태이므로 확산에 따를 수밖에 없어. 특히 확산 현상은 농도 차이가 큰 곳에서 활발히 일어나."

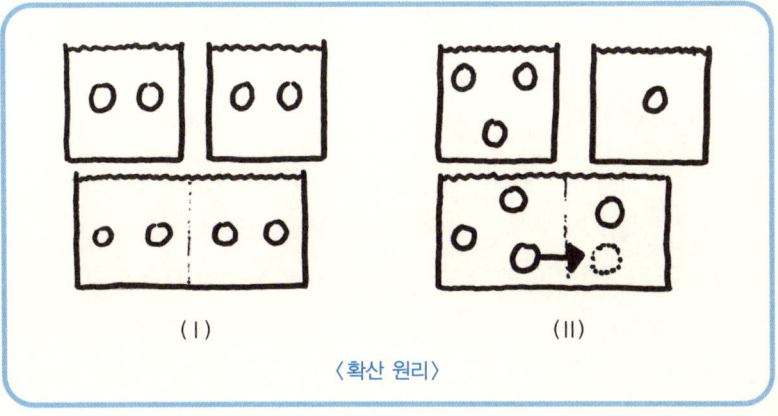

(I)   (II)

〈확산 원리〉

"요소에게도 말해 줘야 하는 게 아닐까? 나트륨?"

"괜찮아, 요소는 어차피 뜻하지 않아도 여기를 나갈 수밖에 없어. 문제는 우리가 나갈 수 있느냐가 문제이지."

"뭐해, 애들아? 이제 곧 낙하하는 곳이 나오는데 준비는 됐니?"

요소가 불렀다.

"어어, 그래 요소야. 벌써?"

"아직! 안 돼! 마음의 준비가 안 됐단 말이……."

"3, 2, 1, 0, Jump!"

"으악!"

포도당은 눈을 질끈 감는다.

"야, 포도당. 너 혼자 용감한 척 해놓고는?"

"그건 나중에 얘기해~~ 으악!~"

"야호!"

 자신에 닥친 슬픈 운명에 좌절하던 요소는 친구들이 보여준 신뢰에 크게 감사했다. 그는 두 친구를 위해 뭐든 할 수 있을 것만 같았다. 세 친구의 목적은 셋 모두 동시에 몸 안을 탈출하는 것으로 입을 모았다. 그러나 인체의 배설기관은 그들의 계획이 쉽사리 수행되도록 가만 두지 않는데…….

 "참, 나트륨아. 아까 네가 말한 어려운 점이 뭐니? 여기를 빠져나가기 힘들게 하는 것이?"

 "아, 그래. 요소야 너도 같이 작전을 구상하자. 먼저 우리가 이곳을 같이 나갈 수 있으려면 이번 한 번이 처음이자 마지막 기회야. 사람 몸에서는 포도당과 나트륨 같은 물질이 되게 중요한 역할을 하더라고. 그렇기 때문에 이곳 세뇨관에는 재흡수를 하기 위한 덫들을 많이 깔아 놓았어. 다시 말해 필요한 것은 철저히 다시 흡수하고 필요 없는 것은 버리는 식이지."

 나트륨은 다시 지도 한 장을 들여다본다.

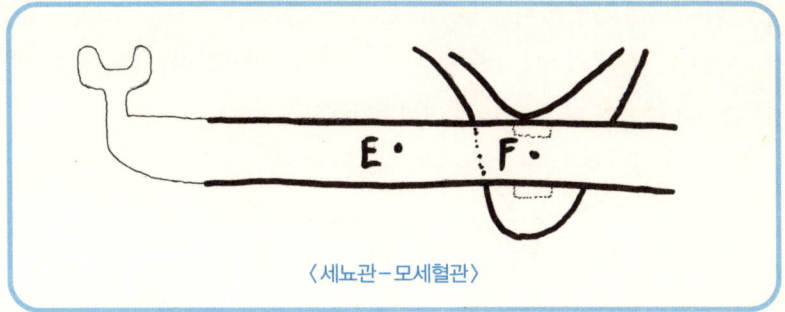

〈세뇨관-모세혈관〉

"큰일이군. E지점이면 F지점까지 얼마 남지 않았잖아. 잘 들어 포도당. 네가 먼저 위기를 맞을 것이야. 소문에 의하면 여기엔 분자들을 현혹하는 능동수송 분자라는 존재가 있다고 해. 능동수송 분자는 에너지(ATP)를 사용하여 너를 강제로 세뇨관에서 다시 모세혈관으로 끌어들이는 역할을 해. 너에게 자료를 넘겨줄게. 대비 방법은……. 없어!"

"잠깐……, 없어? 100% 재흡수된다는 말이야? 그럼 나는 이곳을 나갈 수 없다는 거야? 나트륨, 너……?"

"진작 말해 주지 못해서 미안해. 사실 우리가 이 몸을 나갈 확률은 네가 0%, 내가 1%에 불과해. 그런데 내가 만약 확률을 말해 줬더라면 우리는 좌절할 수밖에 없었을 거야."

잠시 주머니에서 무언가를 꺼냈다.

"요소야, 잠시만 와 봐. 줄 게 있어."

나트륨은 포도당과 요소의 팔에, 또 자신의 팔에 흰 리본을 묶었다.

"우리는 지금 1%도 안 되는 확률에 도전하고 있는 셈이야. 그러나 절대 포기하지 말자."

"뭐? 그게 사실이야?"

"우리가 만약 헤어져도 이 리본을 보면 다시 너희들이 떠오를 거야. 이제 운명에 우리 몸을 맡기는 거야."

그때 옆에서 듣고 있던 능동수송 분자가 말한다.

"오호, 그래? 뭐라 하든 너희들은 필요 없어. 포도당, 이리온~. 너는 저런 놈들과 종자가 달라. 우리가 귀여워 해 줄게."

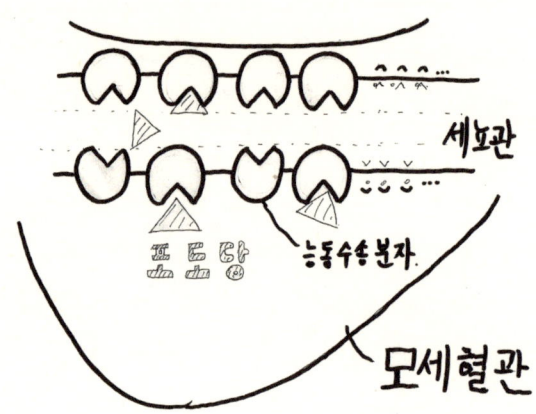

〈능동수송 분자에 의해 운반되는 포도당 모식도〉

포도당 능동수송 분자는 포도당을 100% 재흡수한다. 생물에너지인 ATP 한 분자를 사용하여 세뇨관에 있는 포도당을 모세혈관으로 이동시킨다.

포도당 눈에 초점이 흐려져 갔다. 갑자기 포도당이 부르르 떨기 시작하더니 이리저리 요동치는 것이 아닌가.

"안 돼~! 포도당~!"

요소는 그에게 달려가 필사적으로 붙잡아 보지만 그는 능동수송 분자에게 사로 잡혔다. 요소와 나트륨의 필사적 노력에도 결국 포도당은 벽 너머로 수송되어 들어갔다.

상심한 요소에게 다가가 어깨에 손을 얹고 말했다.

"괜찮아. 포도당은 괜찮을 거야. 잠시 저기서 안정을 취하자. 위기가 닥치면 냉정하게 판단해야 하는 법이야."

말하는 한편으로 그녀는 슬픈 감정을 모두 숨길 수 없었다. 그녀의 얼굴엔 눈물이 두어 방울 흘러 내렸다.

그들 옆에서는 세뇌된 채 두둥실 떠내려가는 다른 물질들이 지나간다.

"아니, 아니지. 우리 정신 차리자. 우리마저 저들처럼 세뇌될 수는 없잖아. 다시 하면 되는 거야. 다시……."

"다시? 과연 우리가 할 수 있을까? 난 자신이 없어."

"아! 그래! 내게 좋은 생각이 떠올랐어. 아까 재흡수 과정에서 요소의 재흡수율이 50%, 내가 재흡수될 확률이 99%니까 우리가 오히려 모세혈관으로 들어가는 것이야. 그러면 이미 들어간 포도당과 함께할 수 있을 거야!"

"다시 들어간다고? 그게 가능할까? 이곳 시스템은 나를 배출시키는 것이 목적이라던데?"

요소가 불안한 듯이 말했다.

"인체가 남긴 허점 중 하나라고 볼 수 있어. 바로 확산을 통해 재흡수되는 방법이야. 무려 확률은 50%인데 왜 이걸 생각 못했지?"

"확산? 농도가 높은 곳에서 낮은 곳으로 물질이 이동하는 현상 말이지?"

"그래, 세뇨관에서 모세혈관으로 물이 99%나 재흡수되니까 모세혈관의 농도가 낮아질 것이고 그 틈을 타서 모세혈관 쪽으로 확산되어 나가는 거지!"

"역시 나트륨 넌, super 천재야."

요소는 얼마 되지 않아 확산 현상 때문에 모세혈관으로 재흡수될 수 있었다.

"야호, 성공이다. 성공이야. 요소가 흡수되었으니, 나만 재흡수되면 되는구나."

곧 이어, 나트륨 또한 확산을 통해 모세혈관으로 들어가게 된다. 요소와 나트륨은 얼싸 안고 기쁨의 눈물을 흘렸다.

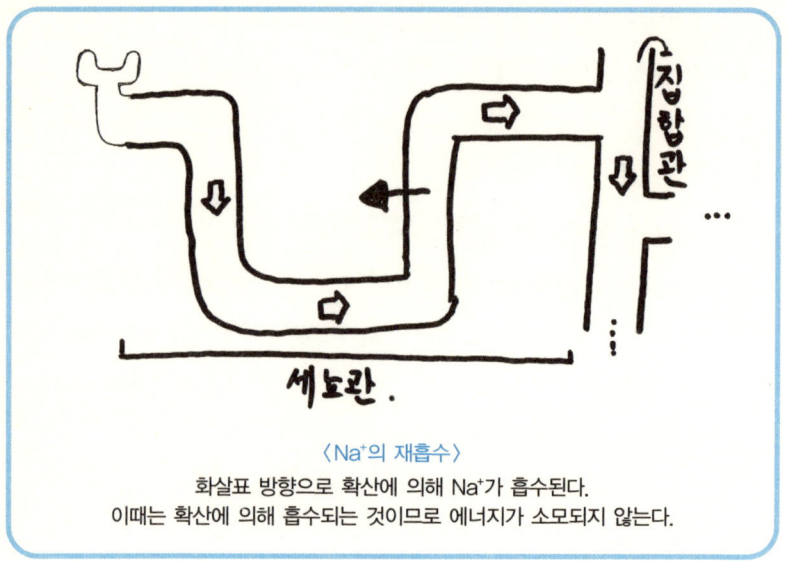

〈 Na⁺의 재흡수 〉
화살표 방향으로 확산에 의해 Na⁺가 흡수된다.
이때는 확산에 의해 흡수되는 것이므로 에너지가 소모되지 않는다.

"자, 이제 얼빠져 버린 포도당을 찾아야겠지?"라고 나트륨이 말했다.

"그럼 우리 흩어져서 찾아볼까?"

요소는 우렁찬 목소리로 포도당을 찾기 시작했다.

"하얀 리본을 맨 포도당을 찾습니다. 좀 얼빠진 얼굴을 하고 있는데 말입니다."

나트륨도 포도당을 찾기 위해 열심히 돌아다녔다.

순간 쪼그려 앉아 투덜대는 한 분자가 나트륨의 눈에 띄었다.

"으……, 팔에 감긴 게 뭔데 이렇게 답답한 거야?"

나트륨은 포도당의 눈에 띄지 않게 빙글 돌아서 그의 등 뒤에 바짝 다가갔다.

"야, 포도당~!"

흠칫. 포도당은 나트륨을 보자마자 줄행랑을 치기 시작했다.

"야, 요소야. 이리와 봐~! 포도당 찾았단 말이야. 어서~! 요소, 네가 이

곳에서 처음 우리를 만났을 때 그 모습 빼다 박은 듯해."

하고 크게 외쳐 요소를 불렀다.

"응? 포도당!?"

요소는 급히 포도당을 뒤쫓았다.

비록 포도당이 제정신이 아니지만, 요소가 기억을 찾았듯이 포도당 또한 기억을 되찾으리라 확신했다.

"같이 가. 요소, 포도당~"

이야기 속 학습 내용			
학년	고등학교 2학년	과목	생명과학
단원	배설	주제	오줌의 생성

1 오줌의 생성

가. 여과

신장의 사구체에서 보먼주머니로 여과압에 의해 혈장이 이동하는 현상. 여과 직후 혈장을 원뇨라고 부른다.

※ 여과의 특징

① 단백질은 크기가 커서 여과가 되지 않는다.

② 여과 전 혈장의 성분 농도와 여과 후 원뇨의 성분 농도는 같다.

나. 재흡수

세뇨관에서 모세혈관으로 물질이 이동하는 현상. 포도당과 아미노산은 능동수송에 의해 100% 재흡수된다. 물은 삼투현상으로 약 99% 재흡수되며, 무기염류는 확산, 능동수송에 의해 99% 재흡수된다. 요소도 확산에 의해 50% 재흡수된다.

다. 분비

모세혈관에서 세뇨관으로 물질이 이동하는 현상. 크레아틴, 요산 등의 노폐물들이 능동수송으로 이동.

자극과 반응–감각기관(눈)

색깔은 실제로 존재하는 것이 아니다?

Q

●●● 자극과 반응-감각기관(눈)

색깔은 실제로 존재하는 것이 아니다?

매일 반복되는 일상생활 속에서 나는 문득 이런 생각을 했다. '내가 지금 살고 있는 이 세상은 진짜인 걸까? 혹시 가짜는 아닐까? 사실 나는 이미 죽어가는 사람이고 지금 이렇게 내가 살아가는 건 주마등의 한 장면이 아닐까?' 세상이 가짜가 아닐까라는 의심을 하기 시작한 나는 끝내 이런 의문이 떠올랐다.

'내가 보고 있는 색들은 과연 실제로 존재하는가?'

우리는 매일 다양한 색을 보고 있다. 하양, 검정, 빨강, 파랑, 초록 등……. 한 번쯤 생각해 본 사람도 있을 것이다. 과연 이 색들은 정말로 존재하고 그것을 우리가 보는 걸까?

1996년 아이작 뉴턴은 백색 빛이 프리즘을 통과하면서 무한 개의 색으로 분리된다는 것을 입증했다. 결과 스펙트럼의 각 색은 단색이고, 이것은 각 색이 더 이상 분리될 수 없음을 뜻한다. 그러나 그 당시 화가는 두 개의 순수한 색소를 섞어서 어떠한 색도 만들 수 있고 만들어진 색의 파장은 원래의 각 색과 다른 파장을 나타낸다고 알려져 있었다. 따라서 빛에는 무한한 수의 색이 있다는 뉴턴의 논증과 모든 색은 세 가지 주요한 색(적색, 황색, 청색)의 혼합에 의해 만들어질 수 있다는 화가들 사이에 갈등이 있었다. 그러나 이런 갈등은 원추세포의 발견과 함께 사라졌다.

왜 갈등이 사라졌을까? 원추세포의 발견으로 색은 실존하는 것이 아니라 우리의 뇌가 인식하는 것임이 입증되었기 때문이다. 그러니까 색의 유한성, 무한성은 따질 필요가 없다는 것이다.

감각기관 (눈) 이야기

    내가 아침마다 일어나 하는 것은 오늘도 내 몸이 정상적으로 활동할 수 있는가 확인하는 것이다. 그리고 오늘도 제대로 움직이는 몸에 안심한다. 무엇보다도 나는 잠에서 깨어났을 때 창문을 통해서 들어오는 빛과 다른 물체에서 반사되어 나오는 빛을 내 눈으로 느낄 수 있는 것에 행복함을 느낀다. 다른 사람들은 이런 내 행동을 묘하다고 하지만 나와 비슷한 처지인 사람들은 분명 이해할 것이다. 아무것도 보이지 않는 새까만 칠흑 속에서 헤매는 것이 얼마나 두려운 일인가……

    그것은 상당히 오래 전……

    아니, 정확하게 말하자면 지금으로부터 약 60년 전 이야기이다. 내가 지금 와서 이런 이야기를 머릿속에서 재구성하고 있는 이유는 그날도 오늘처럼 비가 내리던 날이었기 때문이다. 지금 세대에겐 60년 전이 어땠는지 상상도 가지 않겠지만……. 그래, 예를 들자면 내 옆에 있는 자그마한 직육면체 형태의 세탁기가 그 당시의 사람들의 시각으로는 네비게이션으로 여길 적이다. 비가 올 때면 아직도 눈이 욱신거리기 때문에 짧게 이야기 하겠다.

    그 당시 나는 고등학교 2학년이었다. 비가 오던 날 마음이 산만해진 나는 학교를 땡땡이 치고 멍하게 길을 걷던 중이었다. 섬뜩할 정도의 속도로 달리던 자동차가 인정사정없이 내 몸을 받았고 난 눈을 잃고 말았다. 다른 상처는 회복할 수 있었지만 눈만큼은 불가능했다. 그래서 지푸라기라도 잡자는 심정으로 냉동인간이 되기로 결심했다.

'…………'

뭔가 물소리와 비슷한 게 들리는 것 같다. 온 몸이 매우 차갑다. 그러나 그것도 한 순간. 갑자기 몸이 따뜻해지는 걸 느낄 수 있다. 그리고 문 같은 것이 열리는 소리가 들렸다. 주위가 시끄러웠다.

"아, 깨어났습니다. 선생님. 이것으로 26번째 환자입니다."

"음……, 다행히 몸을 보니 아무런 이상은 없는 것 같아요."

"자, 입 좀 벌려 주실래요?"

정신이 없다. 여기저기 만져대는 굳은 손길이 불쾌하게 느껴졌다. 이내 내 몸을 체크하던 청년인 듯하는 남자가 나에게 말했다.

"축하합니다. 당신은 다시 깨어난 겁니다. 지금은 2068년이죠. 당신은 보자……, 2008년 사람이군요? 이름은 ○○이고, 나이가……. 사고 당시는 18세, 당신이 잠들 당시 20세네요. 여기 기록상엔 두 눈을 잃었다고 돼 있는데……. 쯧 쯧……, 일단 그 치료는 몸의 재활이 끝나거든 이야기하기로 하죠."

몸은 순조롭게 회복되어 갔고 시력을 되찾기 위해 난 담당 의사 선생님과 상담을 했다. 결론은 의안으로 눈을 대체한다는 거였다. 솔직히 믿긴 힘들었지만 그렇다고 달리 방법은 없었기에 난 그의 결론에 동의했다.

그리고 수술하기 며칠 전 예상외로 난 그와 내 의안에 대해 이야기를 주고받으며 나만의 눈을 만들 수 있었다.

"의안이라고는 해도 기계처럼 딱딱해서는 안 되겠죠? 그래서 눈의 동그란 틀인 공막은 신소재 고무로 하려고 합니다. 그 안쪽엔 카메라의 암실과 같은 원리로 맥락막을 대신할 예정이에요. 괜찮으신가요?"

"고무라니? 혹시 길을 걷다가 터지거나, 갑자기 늘어나거나 하기라도 하면……. 좀 더 견고한 재료가 좋지 않을까요?"

"그렇다고 다른 재료를 쓰기엔 눈과의 접촉 부위가 약해서 상처를 입을 수 있어요. 유리는 깨지기 쉬울 것이고, 철제는 쉽게 냉각되거나 가열될 수 있으니까 안 됩니다. 그렇다고 플라스틱을 이용하자니 조금…… 제 생각엔 고무가 최선인 거 같네요. 고무는 특별 제작으로 할 거니까 그런 점은 염려하지 않으셔도 됩니다."

"뭐 그렇게 말하신다면 믿겠습니다. 아, 의안이니까 맹점은 없어도 되겠죠?"

"최대한 인간의 눈과 가깝게 하려면 맹점도 재현해야 하지만……. 이런 경우 굳이 맹점을 만들어서 의안에 패널티를 줄 필요는 없겠죠. 결정은 환자분께서 하세요. 상이 맺혀도 볼 수 없는 맹점을 원하신다면 상을 인식하는 부위와 그 전기신호를 전달하는 전선을 시신경이 지나가는 것처럼 앞으로 내어 맹점을 만들어 드릴 수 있습니다."

"맹점은 빼주세요. 그쪽이 훨씬 편할 것 같네요. 테두리는 된 것 같은데…… 다음은…….."

"다음은 각막으로 가보죠. 각막은 빛의 굴절이 처음으로 일어나는 곳으로 외부환경에 계속 노출되어 있습니다. 그 덕분에 각막은 다치기가 쉽죠. 그래서 각막은 강화렌즈를 선택했습니다. 인도코끼리가 밟고 지나가도 깨지지 않을 정도의 강도니까 기스만 주의하시면 될 거예요.

가장 곤란한 건 수정체입니다. 간단히 말하면 볼록렌즈인데 딱딱한 카메라의 유리 렌즈와는 달리 이건 탄력성이 있어야 하죠. 카메라가 렌즈와 필름 사이의 거리를 조절해서 멀고 가까움을 조절한다면 수정체는 그 탄력성을 이용해서 굴절률을 변화시킵니다. 예를 들어 가까운 곳을 정확하게 볼 때에는 수정체를 더욱 볼록하게 만들어 빛을 더 안쪽으로 모아,

초점을 당기는 것이죠. 먼 곳을 볼 때에는 반대이고요. 그리고 이 수정체의 두께를 조절해 주는 것이 수정체를 둘러싸고 있는 모양체와 진대입니다. 문제는 '어떻게 렌즈를 탄력성 있게 만드는가?' 인데요. 일단 투명한 고무 풍선 같은 것에 투명한 젤을 넣어 탄력성이 높은 렌즈를 만들고자 합니다."

"아~ 네~. 그렇게 굴절률을 변화시킬 수 있는 탄력적인 렌즈를 넣으면 굳지 렌즈가 움직이지 않아도 원근을 조절할 수 있겠네요! 잘 될 거 같습니다."

"그리고 렌즈 앞엔 카메라에 들어오는 빛의 양을 조절하는 조리개처럼 우리 눈으로 들어오는 빛의 양을 조절하기 위해서 홍채를 설치해야 하는데 홍채의 색에 따라 눈동자 색깔이 달라져요. 저번처럼 갈색으로 해드릴까요? 아니면 원하시는 색이 따로 있으신가요?"

"음……, 기왕이면 희귀하게 오드아이(보통 양쪽 눈 색깔이 다를 때 쓰이는 말. 의학적으로는 홍채 세포의 DNA 이상으로 멜라닌색소 농도 차이 때문에 생기는 현상)로 부탁드립니다. 녹색, 파랑으로요. 예전에 좋아하던 만화에서 남자주인공이 오드아이였는데 멋있더라구요."

"아~, 네, 네. 너무 흥분하시면 이상이 생길 수 있으니 가만히 계세요. 음……, 이렇게 되면 눈의 외관이나 빛을 받아들이는 기관은 끝나네요."

"그럼 이제 이식인가요? 드디어 앞을 보는구나!"

"잠깐, 아직 끝나지 않았어요! 가장 중요한 두 가지가 남았는데요? 들어온 빛을 인식하는 시세포와 그것을 뇌로 전달해 주는 시신경입니다. 우선 시세포에 대해서 먼저 설명하겠습니다.

시세포는 둘로 나뉩니다. 그 중 막대 모양으로 생긴 간상세포는 명암을 감지합니다. 즉 약한 빛에 작용하죠. 안에는 로돕신이란 분자가 있는데 빛이 들어오면 옵신과 레티넨으로 분해됩니다. 그때 발생하는 에너지로 빛의 양을 인식하죠. 이것이 명암을 감지하는 원리입니다. 로돕신은 분해된 뒤 다시 합성됩니다.

원뿔 모양의 원추세포는 적 원추, 녹 원추, 청 원추세포에 의해 색을 감지합니다. 어두운 곳에선 색을 구별 못하는 걸 볼 때 강한 빛에 작용함을 알 수 있습니다.

이러한 시세포는 지금 현재의 기술로 새롭게 창조해 낼 수는 없습니다. 살아 있는 세포는 오직 신만이 만들 수 있거든요. 하지만 환자 분의 줄기세포를 가져와 시세포로 분화시켜서 구할 수는 있습니다."

"그것 말고 다른 방법은 없나요? 제가 태어났을 때에 보관해 두었던 줄기세포를 찾을 수가 없어요!"

"음……, 생물학적인 방법 이외에 물리적인 방법이 있는데요. 빛의 파장을 인식할 수 있는 작은 센서를 집적한 판을 망막의 위치에 붙이는 것입니다."

"네에? 빛의 파장을 인식하는 센서를 망막에 붙여서 빛의 파장을 인식하면 뭐하나요? 빛의 파장만 인식한다고 해서 사물을 볼 수 있는 것은 아니잖아요?"

"하하~! 그렇죠! 망막에서 빛의 파장만 인식한다고 해서 볼 수 있는 것은 아닙니다. 그런데 사실 시세포도 마찬가지입니다. 우리의 시세포도 빛의 파장만을 인식하고 인식한 그 정보를 시신경을 통해 뇌에 전달해 주기만 하죠! 시세포 자체가 빛의 파장을 해석하여 사물을 볼 수 있도록 하는 것은 아니에요!"

"네에? 그러면 우리 눈이 사물을 보는 게 아니었나요?"

"눈은 감각기관으로서 들어온 자극을 인식하는 입력 장치에 불과합니다. 입력된 정보를 처리하는 기관은 바로 뇌죠! 우리가 컴퓨터 자판의 'ㄱ'을 누른다고 가정해 봅시다. 사실은 'ㄱ'이라는 글자를 컴퓨터에 알려 준 것이 아니라 자판의 'ㄱ'이라는 부위에 전기 신호를 준 것 뿐이지 요? 그것이 화면상으로 'ㄱ'이라는 글자로 나오기 위해서는 중앙처리장 치인 CPU에 의해 그것을 해석하여야만 합니다. 우리의 감각기관도 모 두 마찬가지입니다. 외부에서 들어오는 자극을 인식하여 그 정보를 전달 하기만 하는 것이지 들어온 자극 정보가 무엇인지는 우리의 감각기관이 모릅니다. 들어온 정보를 해석하여 의미있는 것으로 인식되게 하는 것은 뇌라는 기관이 담당합니다. 따라서 굳이 시세포가 없더라도 그것을 대신 하여 빛의 파장을 인식할 수 있는 센서를 달아 시신경을 통해 들어온 자 극의 차이를 뇌로 전달할 수만 있다면 들어온 모든 정보를 종합해서 해 석하는 것은 뇌이므로 사물을 보는 데에 문제가 없습니다."

"오호~, 그거 괜찮네요. 그럼 시세포를 이식할 필요 없이 그 센서로 대 신해 주세요."

"네, 알겠습니다. 그리고 해상도는 어떻게 할까요? 높을수록 가격이 비쌉니다만······."

"제일 높은 것으로 해주세요. 앞으로 더욱 자세하고 선명하게 보고 싶 어요!"

"네, 그럼 천만 화소로 하겠습니다. 그리고 환자분의 시신경은 온전히 살아 있으니 걱정 안하셔도 되겠습니다. 저희 병원에서 십 수 년간 사용 해온 정밀 수술 로봇으로 수술을 하면 잘 될 겁니다. 단지 뇌의 정보 해석 은 오랜 기간 동안의 훈련에 의해서 이루어지기 때문에 사물을 보는 데 에 익숙해지려면 몇 달 정도가 필요합니다. 재활 훈련을 잘 해서 이 아름 다운 세상을 다시 찾을 수 있기를 바라겠습니다."

"네, 정말 고맙습니다. 열심히 노력해서 이 드넓은 세상을 모두 제 눈 에 담고 싶어요!"

오로지 '다시 앞을 보겠다' 라는 집념과 아까 배운 눈에 대한 것으로 뒤죽박죽이었던 머릿속에 의안조절이라는 새로운 항목이 생긴 것 같았다. 그렇게 생각한 순간 눈이 떠졌다. 따스한 빛이 느껴졌다.

"축하드려요. 이식은 성공적입니다. 지금은 머리띠용 제어기를 장착해서 다루기가 수월할 거예요. 하지만 배터리 지속 시간이 짧기 때문에 되도록 빨리 컨트롤 방법을 익히도록 하세요."

'배터리……? 잠깐 뭔가 찝찝한데……?'

"선생님! 이 의안은 배터리 같은 것으로 작동하나요? 그럼 만약 지속 시간이 다 되면……?"

"아차, 깜빡했네요. 의안의 배터리에 대해 설명 안했군요. 아까 위에서 설명할 때 로돕신은 분해된 후 다시 합성된다고 했죠? 이 카메라의 배터리는 바닥나도 일정 시간 후면 다시 합성이 됩니다. 만약 배터리가 다 되면 이걸 사용해 주세요. 휴대용 충전기에요. 적어도 길 가다 안 보이는 일은 없을 거예요. 하하!"

이렇게 나는 다시 앞을 볼 수 있게 됐다. 이제는 눈보다 다리가 더 바빠질 것 같다. 이 세상의 모든 것을 나의 새로운 눈에 넣어야 하니까!

이야기 속 학습 내용			
학년	고등학교 2학년	과목	생명과학
단원	자극과 반응	주제	감각기관(눈)

1 눈의 구조

- 공막 : 눈의 형태를 유지하는 가장 바깥 테두리
- 맥락막 : 빛의 산란 방지(암실 역할)
- 망막 : 시세포 분포, 빛 자극 수용
- 수정체 : 빛을 굴절시켜 상이 맺히게 함
- 홍채 : 동공 크기 조절(빛의 양 조절)
- 모양체 : 수정체 두께 조절(원근 조절)
- 맹점 : 시신경의 통로, 시세포 없음

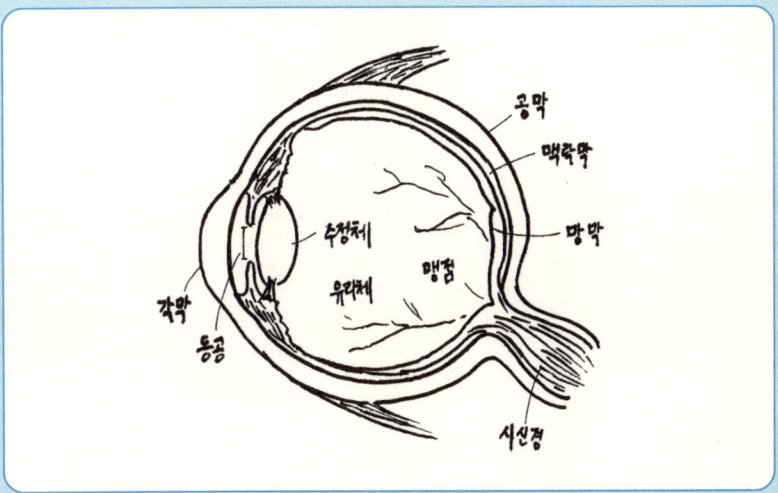

2 시세포

- 간상세포 : 막대 모양으로 약한 빛에 반응하며 명암을 구분, 망막의 주변부에 주로 분포
- 원추세포 : 원뿔 모양으로 강한 빛에 반응하며 색깔을 구분, 망막의 중심부에 주로 분포

③ 눈의 조절 작용

가. 원근 조절
수정체를 둘러싸고 있는 모양체와 진대에 의한 수정체의 두께 변화로 조절

※ **가까운 곳 정확히 볼 때**
모양체 수축, 진대 느슨 → 수정체 두꺼워짐 → 초점 당겨짐

나. 빛의 양 조절
홍채를 이루고 있는 환상근과 종주근의 변화로 동공 크기 조절

※ **어두운 곳에 있을 때에**
환상근 이완, 종주근 수축 → 동공 커짐

Storytelling and Life Sciences

자극과 반응-뇌

뇌는 하나가 아니다?
여러 부분으로 나누어진 뇌!
그 기능은 어떻게 다를까?

남 도 윤   어 희 단

Q 뇌는 하나가 아니다?
여러 부분으로 나누어진 뇌!
그 기능은 어떻게 다를까?

"내가 이 늦은 시각까지 왜 이러고 있어야 하지."

현태는 입을 크게 벌려 하품을 하면서 계속하여 투덜댔다. 중견 회사의 대리로 일하고 있는 현태는 내일 발표할 프레젠테이션 준비 때문에 어쩔 수 없이 야근을 하였다. 그 탓에 자정이 넘어서야 퇴근하게 된 것이다. 현태는 자동차 시동을 켠 뒤, 좋아하는 아이돌 가수의 노래를 틀어놓고 따라 흥얼거리며 운전을 하였다. 집에 가까워질 무렵, 현태의 시야 앞에 사람 한 명이 차도로 뛰어들었다. 현태는 깜짝 놀라서 핸들을 틀었고 자동차는 도로를 벗어나 인도의 가로수를 들이박았다. 연기가 피어오르는 자동차 안에서 현태가 핸들에 머리를 박은 채 쓰러져 있었다.

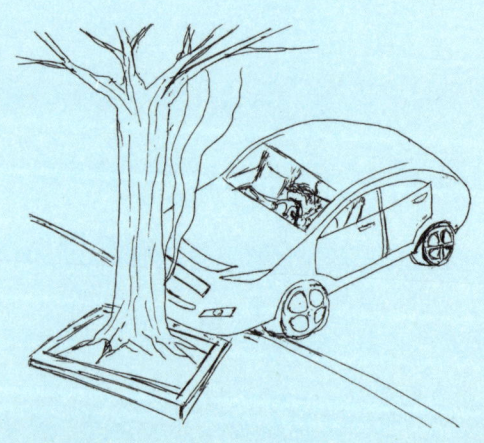

머리의 통증 때문에 현태는 침대에서 힘겹게 몸을 일으켰다. 눈을 뜨자 시야에 들어온 것은 익숙한 방의 풍경이 아닌 하얀색으로 도배된 병실이었다. 현태가 의아해 하고 있을 때, 저쪽에 서 있던 의사가 현태가 일어난 것을 보고는 다가와 말을 건넨다.

"이제 일어나셨네요. 정말 큰 일날 뻔했습니다. 무단 횡단하는 사람을 피하려다 사고가 났다는데 다행히도 지나가던 목격자가 신고를 해준 덕분에 빨리 병원으로 옮겨졌습니다. CT 촬영을 해봐야 알겠지만 다행히도 몸에는 특별히 이상이 없는 듯합니다."

현태는 의사의 말을 듣고는 당시의 상황을 기억해내었다. 위험한 상황에 이 정도로 넘어갔다면 천만다행이었다. 물론 프레젠테이션은 물 건너갔지만.

"일단 오늘은 푹 쉬세요. 내일 CT 촬영을 하겠습니다."

의사의 말에 현태는 고개를 끄덕였다.

1주일 후.

현태는 퇴원 수속을 밟고 짐을 챙겨 집으로 돌아왔다. 터벅터벅 걸어오는 현태를 보고 동네 정씨 아주머니는 반갑게 말을 걸었다.

"아이고, 현태 총각. 교통사고 당했다기에 내가 얼마나 걱정한 줄 알아? 몸은 괜찮은 거야?"

평소 같았으면 씩 웃으며 장난기 섞인 대답을 해주었을 현태의 표정이 심상치 않다.

"아줌마가 무슨 상관이에요!"

현태는 씩씩대면서 집으로 들어갔고, 정씨 아주머니는 당황하여 그 자리에 멀뚱히 서 있기만 했다.

퇴원을 한 이후로 현태의 생활은 많이 바뀌었다. 평소에 유머 있고 싹

싹한 성격 때문에 사람들에게 인기가 많았던 현태는 이제 짜증을 내고 불친절하게 대할 때가 많아졌다. 회사에서도 이제는 '분위기 메이커 엄 대리'가 아닌 '애물단지 엄 대리'가 되어버렸다. 걸핏하면 동네 주민들에게 화를 냈고, 2년 동안 교제하던 여자 친구와도 헤어졌다.

도대체 현태에게 무슨 일이 일어난 걸까?

현태의 CT 촬영 결과, 대뇌 앞부분의 전두엽이 손상되었다. 전두엽은 사고와 감정과 관계된 기능을 하는 곳으로 교통사고 당시 핸들에 머리를 강하게 부딪치면서 이런 일이 일어났다. 이 때문에 현태는 자기 감정을 주체하지 못하고 걸핏하면 화를 내는 등 예전과는 다른 사람이 되어버린 것이다.

우리 뇌에는 대뇌에 속해 있는 전두엽 말고도 다양한 기능을 담당하는 부분들이 존재한다. 지금부터 대뇌국이 뇌 지도를 그리는 과정을 통해 우리 뇌가 어떻게 나뉘어 있는지 알아보자.

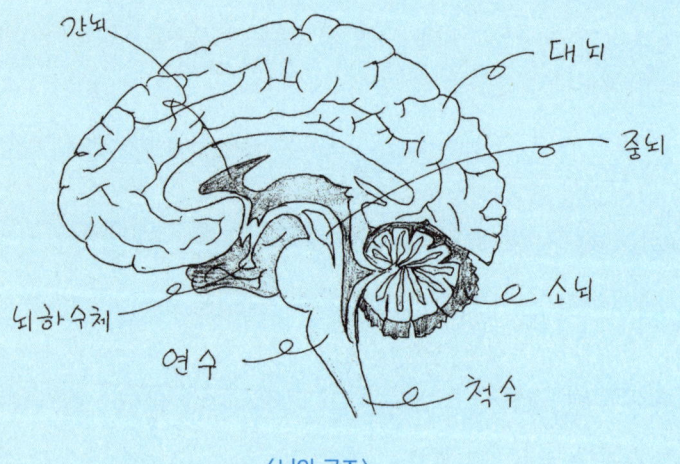

〈뇌의 구조〉

뇌 이야기

때는 춘추전국 시대, 당시 전 중추신경계는 여러 영역으로 나뉘어져 세력싸움이 벌어지고 있었다. 싸움이 끊이질 않던 난세에 좌뇌 장군과 우뇌 현자가 등장하여 '대뇌국'을 세우고 순식간에 중추신경계를 모두 평정하였다. 대뇌국 내부에서 전두엽부가 반기를 들었으나, 좌뇌 장군의 용맹함에 무사로 되돌아갔다. 좌ㆍ우뇌는 대뇌국을 대뇌황국으로 바꾸었다. 그리고 온몸을 효율적으로 통치하기 위해 중추신경계의 행정구역을 재정비하고자 했다. 대뇌황국에 복속된 기존 세력들을 그대로 유지하여 중앙의 위성 세력으로 만들었다. 각 세력을 효율적으로 통제하기 위해서 중추신경계 전체 조사가 실시되었다. 황제가 된 좌ㆍ우뇌는 덕흥수 (德興修 : 황자의 덕을 흥하게 하여 온 몸 곳곳에 퍼뜨려 지키고자 함)라는 기관을 설립한다. 그리고 가장 젊고 활발한 적혈구 선비를 뽑아 암행어사로 임명하였다. 적혈구는 황국 및 다른 세력까지 모두 조사하고 오라는 특명을 받았다.

신분을 숨긴 암행어사는 가난한 나그네의 복장으로 황국 내 구석구석을 돌아다녔다. 그렇게 꼬박 한 달을 쉴 새 없이 돌아다닌 적혈구는 신기한 것을 알게 되었다. 황국 내의 세포들뿐만 아니라 온몸 구석구석의 세포 모두가 서로 도와주면서 살아간다는 것이었다. 각 지역마다 특성화된 기능이 전부 달랐으나, 그 각각의 기능들이 힘을 모음으로써 모든 세포들이 건강하게 살아갈 수 있게 하였다. 대뇌황국 같은 경우 지역이 세부분으로 나뉘어져 각각 다른 역할을 하고 있었다.

첫 번째로 갔던 감각령으로 불리우던 곳은 거대한 항구였다. 수많은 배 안에는 온몸에 분포되어 있는 다섯 가지 종류의 감각세포들이 보내오는 자극들이 들어 있었다. 감각령의 주민들은 그 자극을 종류별로 나누고 필요한 곳으로 배달하는 일을 주로 하고 있었다. 암행어사가 다음으로 간 곳은 운동령이라는 곳이었다. 이곳은 군대의 사령부와 같은 곳이다. 온 몸에 근육병들을 주둔시켜 놓고 필요한 곳으로 즉시 파병시키는 일을 하고 있었다. 이곳의 주민들은 언제 어떤 사태가 일어날지 모르는 초긴장 상태이기 때문에 쉽게 말도 걸 수 없었다. 마지막으로 적혈구가 도착한 곳은 연합령으로, 대법원과 같은 곳이었다. 감각령이 보내온 자극들을 분석하여 판단하고 때로는 자극을 정보화시켜 저장하기도 하였으며 운동령에 군대 파견 명령을 내렸다.

황국 전체를 돌아보고 많은 것을 보고 느낀 암행어사는 빨리 다른 나라도 돌아보고 싶어졌다.

"자, 그럼 우선 가장 강성했었던 간뇌국으로 가봐야겠어. 그곳에는 국립 박물관이 있다고 했어. 간뇌국에 대한 정보가 모두 있을 거야."

하지만 막상 도착한 박물관은 오랫동안 관람객이 없었는 듯 썰렁한 기운이 돌고 있었다. 다행히 내부는 열려 있어 들어갈 수 있었다. 박물관 한 가운데에 거대한 세포의 동상이 있었다. 그 위엄있는 모습을 정신없이 보고 있는데 뒤에서 말소리가 들렸다.

"어떠신가? 간뇌국을 세운 초대 임금님의 모습이."

암행어사 적혈구가 화들짝 놀라 뒤돌아보니 뒤에 나이가 지긋이 든 적혈구가 서 있었다.

"아, 내 소개가 늦었군. 나는 이곳 박물관을 관리하고 있는 세포일세. 최근 이곳에는 발길이 끊긴 지 오래였는데, 손님이 오니 참 반갑구만"

"저는 정처없이 떠돌아다니던 나그네오만 이곳에 볼거리가 많다고 해서 찾아왔습니다. 박물관을 좀 둘러봐도 될까요?"

"그럼 물론이지. 자네도 손님인데 얼마든지 둘러보시게나. 뭐 궁금한 게 생긴다면 물어봐도 좋다네. 나도 요샌 딱히 할 일이 없거든?"

"네, 고맙습니다."

그러고는 박물관 구석구석을 둘러보았다. 간뇌국의 초대 왕이었다는 세포의 사진이 여럿 있었다.

"할아버지, 저 동상의 세포는 어떤 분이셨나요?"

"아, 초대 임금님 말하는 거냐? 매우 위대하신 분이셨지. 자네 소화계에 있는 간이라고 들어본 적 있느냐?"

"네, 온몸의 균형을 맞춰주는 거대한 화학 공장이라고 들었습니다"

"그래 잘 알고 있구나. 초대 왕께서는 이 중추신경계에도 그런 간과 같은 국가가 필요하다고 생각하셨지. 그래서 '간뇌국'으로 국호를 정하시고 여러 가지 사업을 펼치셨지."

"아, 그렇군요……. 그럼 이 사진들이 그때 사업들을 할 때 찍은 건가요?"

"그래, 이건 체온 조절 사업을 시작할 때 사진이구나. 너도 알다시피 우리 세포들은 적당한 온도가 유지되지 않으면 활동성이 떨어지지 않느냐."

"그렇죠. 우와 그럼 엄청 중요한 일을 하셨네요. 그럼, 이 사진은 뭐죠?"

"이건 피에 흐르는 포도당의 양을 줄이기 위해 연락을 하고 있는 중이구나. 피에 포도당이 모자라게 되면 세포들이 굶어 죽지만 너무 많아도 그게 문제가 되거든. 그래서 이자에 연락을 취에 인슐린으로 포도당을 줄이라고 하는 장면이구나."

"체온 조절에 포도당 조절까지……. 쉽진 않을 텐데……."

"그래 하지만 이게 다가 아니란다. 왕께서는 피에 녹아 있는 나트륨이온의 농도를 조절하여 삼투압까지 조절했단다. 삼투압이 적절하지 않으면 모든 세포가 말라죽어 버릴 수도 있는 중요한 것이란다. 왕께서 이러한 업무를 잘 처리하시면서 간뇌국은 자율신경계의 최고의 중추라는 칭호까지 얻게 되었단다. 그 뒤 왕께서는 간뇌국 변두리에 뇌하수체라는 기관을 설치하셨지. 온 몸 여러 기관에 호르몬을 사용해서 효율적으로 연락을 취하기 위해서였지."

"우와! 간뇌국은 엄청난 강대국이었군요. 저 그럼 초대 왕께서 어떻게 되셨나요."

"춘추전국시대 때 대뇌국과의 전투에서 돌아가셨단다. 그 뒤 우리 간뇌국은 대뇌국에 복속되었고, 시상이라는 기관이 들어섰지. 시상은 척수나 연수에서 오는 자극을 대뇌국으로 보내주는 중간통로 역할을 하고 있지. 그리고 기존에 간뇌국의 기능을 시상하부라는 기관에 강등시켜버렸단다. 그 뒤로부터는 간뇌국의 위상은 땅에 떨어져버렸고, 이곳 국립박물관에 관람객도 끊겨버렸단다."

"아, 간뇌국에 이런 슬픈 역사가 있었군요."

"그래, 하지만 자네가 이 곳에서 많은 걸 배워간다면 우리 간뇌국에도 밝은 미래가 오겠지."

"예, 많은 걸 듣고 볼 수 있어서 좋은 경험이었어요. 전 이만 가봐야겠어요. 고마웠습니다."

"그래 오랜만에 손님이 찾아오니 반가웠다네. 조심히 가게나."

또다시 길을 떠난 적혈구는 중뇌 국경에 도착했다. 적혈구는 여권 대신 마패를 보여주고 중뇌국에 입국했다. 하지만 시간이 너무 늦어 버려

바로 여관에 들어갈 수밖에 없었다. 역시 국경 지대여서 그런지, 중뇌국 주민뿐만 아니라 다른 나라 사람들도 많이 있어 매우 붐볐다. 암행어사는 겨우겨우 3인실 방에 묵을 수 있었다. 그가 방에 들어갔을 때는 이미 다른 세포 2명이 안에 있었다. 인사를 하려고 하였으나 다른 세포 둘 사이에 흐르는 냉기류를 느끼곤 관두었다. 난감해 하던 적혈구는 그들의 모습을 잘 살펴보고는 그 이유를 알았다.

'아, 이들은 소뇌국과 중뇌국 세포구나. 옛날부터 이 두 나라 사이는 좋지 않다고 했지. 이거 오늘 조용히 묵기는 글렀는데……?'

정말 얼마 있지 않아 두 세포는 싸우기 시작했다.

"아니 이 게으른 소뇌국 녀석이! 과자를 먹었으면 뒷정리를 해야 될 거 아냐? 여러 사람이 같이 쓰는 방에서 정말 매너가 없군! 소뇌국 놈들은 어쩔 수가 없다니깐."

"아니 뭐, 중뇌국 따위가! 그러는 너는 다른 사람이 같이 쓰는 방에서 그렇게 큰 소리로 전화를 해도 되는 거냐? 정말로 참 매너가 좋군!"

"나 참, 나는 눈에 빛이 한 번에 너무 많이 들어왔다는 정보를 받고 동공을 줄이라고 했을 뿐이야. 눈과 관련된 일을 빨리빨리 반응하지 않으면 몸이 다치게 될 수도 있다는 거 모르는가? 참, 역시 소뇌국은 모두 무식한 세포들뿐이군."

"어유, 겨우 안구 좀 조절할 수 있다고 유세부리기는……. 우리 소뇌국은 무려 정확한 수의운동을 담당하고 있다고!"

"수의운동? 그게 뭐죠?"

이야기를 듣고 있던 적혈구는 궁금증을 참지 못하고 물어보았다. 소뇌국 세포는 적혈구를 쳐다보고는 친절하게 설명해 주었다.

"원래 수의운동은 대뇌국에서 하는 거지만, 대뇌에서 처리하기엔 너무 복잡한 과정이 필요할 땐 우리 소뇌국에서 그걸 한다고. 예를 들면 손으로 계란을 잡을 때는 너무 힘을 많이 주면 깨지겠지? 하지만 힘을 적게 주면 손에서 흘러내려 떨어지게 되지. 적당한 힘을 찾는 게 우리 소뇌가 하는 정확한 수의운동이지."

"아, 그렇군요…… 말씀하고 계신데 끼어들어서 죄송해요. 하시던 거 계속 하세요."

내 말이 끝나자마자 두 세포는 표정이 다시 싹 바뀌며 싸우기 시작했다.

"아니 그깟 수의운동이 뭐 그리 대수야? 우리 중뇌는 우리 몸에서 가장 중요하다고 할 수 있는 눈을 담당하고 있다고. 안구가 움직이는 것뿐만 아니라 빛의 양도 조절한다고. 너네들 모두 우리 덕택에 살고 있는 거야."

"그래, 그렇게 눈이 중요하다고 쳐. 하지만 우리는 정확한 수의운동과 몸의 균형 감각을 담당하고 있다고. 귀의 내이에 있는 전정기관과 반고리관에서 보내오는 정보를 토대로 몸이 넘어지지 않게 균형을 잡는 데에 도움을 준다고! 겨우 눈에만 관여하는 너의 중뇌와는 달라!"

이때 밖에서 노크 소리가 들렸다. 적혈구가 문을 열었을 때는 어떤 세포 하나가 화가 난 채로 서 있었다. 그는 연수국 세포였다.

"저는 옆방에 묵고 있는 연수국 세포인데요. 뭐가 그리 시끄러워요? 좀 조용히 할 수 없어요?"

연수 세포는 안을 슬쩍 들여다보고는 한심하다는 표정을 지었다.

"아니 무슨 중뇌국이랑 소뇌국은 만나기만 하면 싸워? 정말 별꼴이야."

적혈구는 난감한 표정을 지으면서 거듭 사과했다.

"온갖 중추역할을 하고 있는 건 우리 연수국인데. 맨날 자기네들이 모든 것을 다 한다는 것처럼 떠벌리고 다닌다니까?"

연수세포 입에서 이런 말까지 나오자 중뇌세포는 발끈 하였다.

"그럼 자네 연수국에선 무슨 일을 하는데요? 한번 들어나 봅시다."

"우리 중추신경계의 고속도로인 척수를 다들 아시죠? 거기서 오는 정보는 전부 우리 연수국을 거쳐서 가요. 그때 우리는 신경의 좌와 우를 바꾸는 일을 하죠. 또 우리들은 심장 박동이나 호흡 운동, 소화 운동의 중추역할을 한다고요! 이 세 가지는 어느 하나 부족하면 몸 전체 세포의 목숨이 위태로워지는 중요한 작업이에요."

적혈구는 눈을 동그랗게 뜨고 놀라며 말했다.

"우와 연수국에서 매우 중요한 일을 하는 군요."

"하지만 이게 끝이 아니야. 병균의 침입을 막기 위한 기침이나 재채기, 산소를 확보하기 위한 하품, 그것 말고도 침 분비 같은 반사 중추 역할을 전부 우리 연수국에서 맡고 있다고요."

말을 끝까지 들은 소·중뇌국 세포는 기가 죽어 입을 다물고 있었다.

"아, 이제 조용해졌네요. 그럼, 전 이만 돌아가볼게요. 폐를 끼쳐서 죄송했습니다."

이렇게 말하고는 연수국 세포는 되돌아갔다. 그 뒤로 소뇌세포와 중뇌세포는 한 마디도 하지 않고 모두 잠들었다.

오랜 여정 끝에 암행어사는 대뇌국으로 돌아가고 있었다. 콧노래를 흥얼거리며 여유롭게 길을 가고 있는 암행어사의 눈에 여러 명이 모여서 한 명을 에워싸고 있는 것을 발견했다. 무슨 일인가 궁금해진 암행어사가 다가갔을 때는 모두들 성난 표정으로 흩어지고 있었다. 개중에는 중앙에 있던 세포를 욕하는 이도 있었다. 심상치 않음을 느낀 암행어사는 둘러싸여 있던 세포에게 다가가 말을 걸었다.

"도대체 이게 무슨 일입니까?"

"반란을 일으킨 자의 대가라고 해두지!"

"그게 무슨······?"

"나는 전두엽 세포일세. 전두엽이 반란을 일으켰다가 진압된 이후 많은 이들은 전두엽부가 강력한 처벌을 받고 속국으로 떨어질 것이라고 생각했었지. 하지만 중추제국이 세워지고 나서 좌뇌 황제 폐하께서는 전두엽부 세포들에게 중요 요직을 맡기고 자치권을 인정해 주었다네. 그 때문에 다른 대뇌국 세포들이 전두엽부에 안 좋은 감정을 갖고 있네. 방금도 그런 맥락에서 보면 되네."

"음······. 그러면 대뇌국에는 전두엽부 말고도 다른 여러 부분이 더 많다는 말씀이시네요. 그런데 전두엽부는 도대체 어떤 요직을 맡고 있기에 그들이 그토록 시기하는 것입니까?"

"다른 부분은 일반적인 감각인 시각, 후각, 청각 및 언어 능력을 담당하고 있지만 전두엽부에서는 인간의 종합적인 사고 능력을 맡고 있다네. 사람이 하는 모든 이성과 감정은 모두 전두엽에서 관리하지. 만약에 전두엽부가 제대로 기능하지 못한다면 생각을 제대로 집중하지 못하고 감정을 제대로 조절하지 못하여 동물과 다름없게 된다네."

"사실 저는 대뇌국에서 파견한 암행어사입니다. 앞으로 전두엽부가 다른 이들로 인해 핍박받지 않도록 최선의 노력을 다하겠습니다."

"어쩐지 범상치 않다고 생각했네. 황제 폐하께서 선정을 펼 수 있도록 자네가 잘 보좌해 주시게."

전두엽 세포와의 만남 이후 암행어사는 좌뇌 황제를 알현하였다. 긴 여정 동안 보고 느낀 것을 모두 말한 그는 틈틈이 그린 중추신경계 지도를 바쳤다. 그 지도에는 각 지역의 특색들과 해결해야 할 문제점들이 적혀 있었다. 좌뇌 황제는 암행어사에게 높은 관직을 하사하고 암행어사가 준 지도를 토대로 선정을 펼쳐 제국을 잘 다스렸다고 한다.

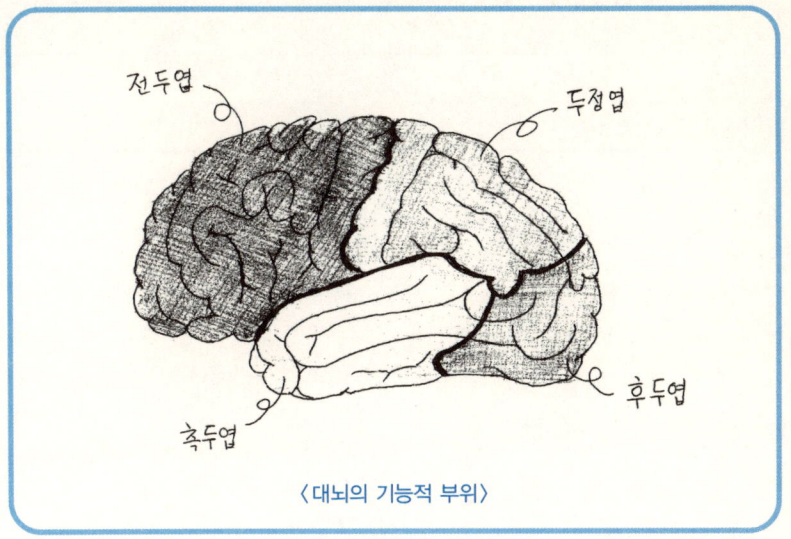

〈대뇌의 기능적 부위〉

이야기 속 학습 내용			
학년	고등학교 2학년	과목	생명과학
단원	자극과 반응	주제	뇌

1 뇌

가. 대뇌

뇌의 대부분을 차지하며 좌뇌와 우뇌로 나누어져 있다. 표면에 주름이 많다. 대뇌의 겉 부분에는 신경세포체가 모여 있는 피질이 있고, 속부분에는 신경돌기가 모여 있는 백색을 띄는 수질이 있다. 대뇌는 크게 감각령과 연합령과 운동령이 있다. 감각령은 온몸에서 오는 자극들은 받아들이는 곳이고, 연합령은 판단, 기억, 추리 등 고등 사고를 하는 곳이다. 운동령은 온몸의 운동신경을 통제하는 부분이다. 또한 대뇌의 앞부분을 전두엽이라고 하는데, 이 부분은 집중 유지, 올바른 판단, 충동 억제 등을 할 수 있게 한다. 전두엽은 TV를 많이 보거나 컴퓨터, 문자 등 기계적인 일을 반복하게 되면 발달이 늦어지고, 독서와 사고를 많이 하면 전두엽을 발달시킬 수 있다.

나. 소뇌

운동기능을 조절하는 역할을 맡고 있으며, 특히 평형감각을 조절한다. 정밀한 근육 운동의 정확성을 높일 수 있도록 도와준다. 때문에 소뇌에 손상이 오면 운동기능이나 정밀하게 움직일 수 없게 되며, 평형감각도 잃게 되어 걸음걸이도 불안정하게 된다.

다. 중뇌

간뇌의 아래쪽, 소뇌의 앞쪽에 위치한다. 주로 눈에 관련된 일을 담당하고 있다. 홍채의 수축과 이완, 안구가 움직이는 것 등이 있다. 사고가 났을 때 의사들이 제일 먼저 환자의 눈을 벌리고 불빛을 비추어 보는 이유가 중뇌가 살아 있는지 확인하는 것이다. 움직이지 않는다면 환자는 이미 뇌사 상태이기 때문에 곧 죽을 수 있다는 것을 뜻한다.

라. 간뇌

간뇌는 시상과 시상하부로 나눌 수 있는데, 시상에서는 대뇌반구에서 처리하는 대부분의 신호를 전달하는 역할을 맡고 있다. 또 후각을 제외한 모든 감각을 일시적으로 머무르게 했다가 대뇌의 피질로 보낸다. 내장이나 혈관 같이 마음대로 움직일 수 없는 근육은 간뇌의 시상하부가 조절한다. 이외에도 뇌하수체는 면역력이나 체온 조절 기능도 가지고 있어서 몸의 항상성을 조절하는 중요한 역할을 맡는다.

마. 연수

중뇌와 척수 사이에 있으며, 이곳을 지나면서 신경의 좌우가 바뀐다. 심장 박동, 호흡 운동, 소화 운동 등의 조절 중추이며 기침, 재채기, 하품, 침 분비(무조건 반사)등의 반사 중추이다.

12 Storytelling and Life Sciences

자극과 반응-자율신경계

긴장을 할 때,
몸 속에서는 무슨 일이 일어날까?

김 재 은

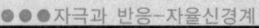

Q 긴장을 할 때, 몸 속에서는 무슨 일이 일어날까?

자율신경 이야기

#Side of outside

'……?'

차가운 바닥의 느낌에 눈을 떴지만 주변은 온통 깜깜하다. 여긴 어디지……?

"팟!"

갑자기 주변이 환해졌다! 여기는 어떤 밀폐된 방이었다. 게다가 4면의 벽에는 각각 알 수 없는 추상화들이 담긴 액자들로 가득 차 있고, 한쪽 면의 조금의 빈 공간엔 작은 벽면 TV가 걸려 있고, 바닥의 정중앙엔 자물쇠가 걸려 있는 철문이 있다. 그러다 위를 올려다본 순간, 경악을 금치 못할 광경이 내 눈에 들어왔다. 천장에는 수없이 많은 칼날들이 아래쪽을 향해 꽂혀 있었다. 알 수 없는 이 상황에 머리가 아파오기 시작했을 때,

"치지직……"

TV가 켜지면서 05 : 00이라는 숫자가 화면에 떠오르면서, 이윽고 기계로 낸 듯한 기괴한 음성이 흘러나왔다.

"치직…… 오랜만이군. 지금쯤 왜 자신이 이런 상황에 처했는지 고민하고 있을 것이다. 하지만 넌 분명히 나에게 지은 큰 '죄'가 있음을 명심해라. 증거가 없어서 풀려났을 뿐, 넌 죽고도 남을 썩을 놈이야! 죽은 내 동생을 생각하면 화가 나서 참을 수 없지만, 난 너와 게임을 하고 싶다. 넌 5분의 시간 안에 열쇠를 찾아 바닥에 있는 철문 안으로 탈출해야 한다. 열쇠는 벽에 있는 액자 뒤에 있다. 하지만 어떤 열쇠가 자물쇠에 맞는

열쇠인지는 알 수 없다. 행운을 빌어주지. 흐흐흐……."

'뚝!'

'이…… 이…… 이게 뭐야!!!'

화면의 시간이 흘러가고 있다! 심장이 미친 듯 뛰기 시작하고, 얼굴이 창백해지며 온몸의 털이 곤두서는 것을 느낀다.

'그의 말대로라면, 실수에 불과했어도, 난 분명 죽어야 마땅할 놈이다. 하지만…… 하지만…… 난 살고 싶다. 살고 싶다고!'

이성을 버린 채, 본능적으로 액자가 있는 벽 쪽으로 달려간다.

"젠장!!!"

Side of inside

그 남자의 몸 안의 세계

관리통신부 신경계 소속, 자율 신경부의 교감 신경팀이 분주하게 활동을 시작하고 있다.

"지금 뭐하는 거야! 몸 전체가 위급한 상황이란 말이다! 어서어서 등록된 정보망의 모든 곳에 무전해!"

"네네네……."

여기는 교감 신경팀의 사무실의 모습이다. 현재 몸 전체가 빠르게 움직여야 하는 상황인데, 이럴 때 교감 신경팀이 많은 활동을 하게 된다. 교감 신경팀 멤버들은 각각 자기가 맡은 몸의 부위에 보내진 특파원들에게 연락을 취하고 있다.

그때 심장에서는…….

순환계에 파견된 신경계 특파원이 심장 안에서 모여지는 피를 열심히 펌프질해서 내보내는 일을 하고 있는 심장 근육들에게 달려간다. 무슨 일인지 의아했던 심장 근육 세포들은 그를 바라본다.

"무슨 일이시오?"

숨을 헥헥거리며 특파원이 대답한다.

"여러분들께는 죄송하지만……, 조금 더 힘을 내 주셔야 할 것 같네요. 여러분들 말고 팔, 다리쪽 근육 세포분들이 일을 갑작스럽게 더 많이 해야 하는 상황이라, 어서 빨리 피를 보내줘야 할 것 같으니까 지금보다 두 배는 더 빠른 속도로 일을 해 주세요! 알았죠?"

심장 근육 세포들은 어차피 그의 말을 따라야 하니, 얼굴을 찌푸린 채로 대답한다.

"예~, 예! 가보십쇼."

한편…… 피부계에서는…….

"이보게 털들! 누워 있지 말고 일어나게! 지금은 이럴 때가 아니네."

누워 있던 털들이 하나둘 일어나기 시작한다.

"또 비상 사태로군…… 자, 다들 일어나자!"

또한 교감 신경팀이 활동하는 상황에선 피부 쪽에 많은 피를 흐르게 하지 않는다. 딱히 피부 쪽으로 피를 흐르게 해서 열을 내보낼 이유가 없기 때문이다. 그래서 그는 전화기를 들어서 혈류량을 조절하는 일을 하는 순환계의 동료에게 전화를 걸었다.

"여보세요?"

"아, 나일세."

"자네가 전화한 걸 보면……. 안 봐도 알겠군 이젠."

"푸하핫! 그럼, 잘 부탁하지."

자주 그에게 연락해서 피부쪽 혈관의 혈류량을 줄이라는 명령을 많이 해서인지, 듣지도 않고 바로 알아챈 듯하다.

Side of outside

액자를 최대한 많이 방 중앙으로 내동댕이쳤다. 그리고는 액자 뒤에 있는 열쇠를 각각 자물쇠에 넣어보며 확인해야 했다.

"으~ 이것도 아니고……. 이것도 아니잖아!"

아직 하나도 맞는 게 없다.

'젠장, 시간은 흘러가는데…….'

"앗!"

한 액자에서 꺼냈던 열쇠를 꺼냈지만 손이 미끌거려 순간적으로 놓치고 말았다. 지금은 저것을 주으러 가는 것보단 앞에 있는 액자들의 열쇠를 확인하는 게 먼저다!

"철컥…… 철컥…… 철컥……."

'제길……. 이 많은 열쇠들 중에서 어떻게 하나를 찾느냔 말이야!'

"헉…… 헉…… 헉……."

점점 더 초조해져 호흡이 빨라지는 마당에, 문득 화면을 바라봤다.

3 : 54

3 : 53

3 : 52

……

벌써 3분 50초밖에 남지 않았어……!

"아아아악!!!"

Side of inside

이때 호흡계에서는…….

운동하는 근육들은 산소들을 더 많이 얻어야 하는데, 그러려면 심장 박동 뿐만아니라 호흡도 빠르게 해야 한다. 그래서 교감신경 특파원은 호흡계에게도 연락을 취하러 왔다.

"자, 여러분! 순환계도 열심히 일을 하고 있으니까, 여러분들도 쉬면 안 되겠죠? 조금 더 빨리 일을 해주세요."

"크, 또 힘든 일의 시작인가? 알아서 할 테니, 가보세요."

이런 일에 익숙한 듯이 자신의 위치에서 업무량과 속도를 높이는 호흡계 직원들이다.

한편……. 손바닥 바로 아래에서는…….

이른바 땀샘이라 불리는 것이 있다. 이번에 나타난 특파원은 부교감 신경! 갑작스럽게 이루어진 교감 신경의 작용을 완화하기 위해서 부교감 신경이 나선 것이다.

부교감 신경은 교감 신경과는 반대로 땀샘에 혈류량을 증가시켜 땀을 생성하도록 한다.

"에휴~, 많다……."

서서히 땀이 새어나오고 있다.

"다 되었겠지?"

그때 전화벨이 울린다. 그 발신자는 겨드랑이에서 근무하는 같은 일을 하는 동료이다.

"여보세요?"

"나다. 아오……, 힘들어……. 괜히 겨드랑이를 맡는다고 해서 참……. 여기엔 나올 땀이 많아서 되게 불편해! 그리고 냄새도……."

"됐고, 빨리 일이나 해. 끊는다."

무심하게 끊은 그의 얼굴엔 조금의 미소가…….

Side of outside

모든 액자에서 열쇠를 꺼내 자물쇠에 넣어 봤지만, 그 어떤 것도 맞지 않았다.

피부가 점점 창백해진다…….

점점 천장의 장치는 움직이기 시작했다. 절망감이 엄습해온다. 과연 난 이렇게 죽는 것일까…….

00 : 22

00 : 21

00 : 20

……

시간은 이제 20초도 채 남지 않았다.

"제발! 대체 어떻게 된 일인 거냐고! 말도 안 돼! 뭐라도 없을까? 제 발…… 제발!!!"

비명을 지르며 사방을 둘러보던 중…….

'……??!'

한쪽 구석에 남아 있는 한 열쇠가 보였다. 아! 아까 전에 미끄러워서 떨어트린 열쇠구나. 설마…….

지푸라기라도 잡는 심정으로 달려가 그 열쇠를 집었다. 젠장! 최대한 빨리……!

자물쇠에 도착했을 땐, 이미 시계는…….

00 : 09

00 : 08 ……

시간 따위 보고 있을 때가 아니다! 빠르게 열쇠를 자물쇠에 넣고 돌려 보았다.

'철컥, 철커덩!'

드디어 열렸다! 등잔 밑이 어둡다더니…….

"웃차!"

문을 들어올렸다. 철문이라 그런지 굉장히 무겁다. 문을 열자 빛이 들어오는 계단이 보인다!

몸을 집어넣는 도중…….

"삐―! 끼이이이이이이이이―"

천장이 무서운 속도로 내려오고 있다!

"으어어어아악!!!"

재빨리 몸을 넣어 안쪽으로 내려오자마자…….

"쾅!!!"

계단 위로 보이는 섬뜩한 칼날……. 휴~ 살았다…….

살았다는 안도감에, 마음이 놓인다. 온몸은 땀에 젖어 있고, 옷은 만신창이다. 그리고 저 멀리 계단 끝엔 빛이 보인다.

Side of inside

전체적으로 슬슬 교감 신경팀은 업무가 끝나가고, 부교감 신경팀이 슬슬 활동을 시작하고 있었다.

앞에서 잠깐 출현했었지만, 부교감 신경은 말 그대로 교감 신경이 하는 업무에 반대되는 업무를 한다. 예를 들면, 심장 박동을 느리게 하고, 호흡 운동도 느리게 하며, 소화계는 다시 활발히 움직이도록 하는 등, 교감 신경이 한 일에 대하여 몸을 원래 상태로 돌리는 작업을 한다고 보면 된다.

"휴~, 오늘의 업무도 끝인가?"

교감 신경팀 부장이 그렇게 말하자, 부교감 신경팀의 한 직원이 말했다.

"이젠 저희에게 맡기시고, 좀 쉬세요~. 뭐……, 그게 삶이죠."

"그래! 고맙다. 헐헐……, 수고해라!"

이야기 속 학습 내용			
학년	고등학교 2학년	과목	생명과학
단원	자극과 반응	주제	자율신경계

1 신경계의 구성

우리 몸의 신경계는 종합적 판단을 내리는 중추 신경계와 중추 신경계와 온 몸의 각 부분을 연결하는 말초 신경계로 구성된다. 중추 신경계에는 뇌와 척수가 있고, 말초 신경계에는 들어온 감각의 자극이나 운동 명령을 전달하는 체성 신경계와 몸 속의 여러 기관들의 작용을 조절하는 자율 신경계가 있다.

2 자율 신경계

생명을 유지시키기 위한 기능을 조절하는 자율 신경계는 교감 신경과 부교감 신경이 있다. 자율 신경은 중추 신경계부터 몸의 각 기관까지 2개의 뉴런(신경 세포)으로 구성되어 있는데 그 뉴런 사이에는 신경절이 있다. 그 신경절을 기준으로 중추 신경계와 연결된 뉴런을 절전 뉴런, 반응기와 연결된 뉴런을 절후 뉴런이라 하는데, 교감 신경은 절전 뉴런보다 절후 뉴런이 길고 부교감 신경은 절전 뉴런이 더 긴 형태를 지닌다.

가. 교감 신경

몸을 많이 움직이거나, 공포심에 의한 스트레스가 누적되면 활동이 활발해지는 신경이다. 교감 신경이 활발해지면 그 스트레스를 처리하는 데 필요한 반응을 하기 위해서 혈압과 심장 박동수의 상승, 호흡 운동의 촉진, 소화 억제, 땀분비 억제, 피부 혈관 수축 등의 조절이 일어난다.

나. 부교감 신경

긴장 상태가 사라지게 될 때, 다시 원래의 상태로 되돌리기 위한 작용을 나타내는 신경으로서 주로 교감 신경과 반대되는 작용을 한다. 즉, 심장 박동수와 혈압은 하강, 호흡 운동의 억제, 소화기관에 혈액이 많이 흐르게 되어 소화 촉진, 땀분비 촉진 등의 조절이 일어나 체내의 에너지를 확보하는 방향으로 온 몸이 조절된다.

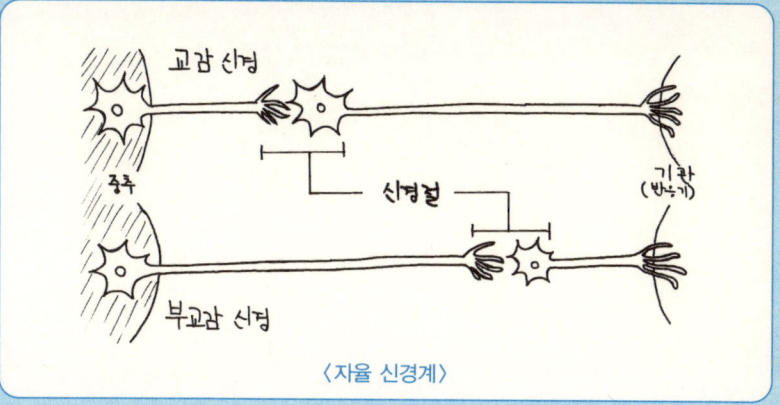

〈 자율 신경계 〉

※ 교감 신경과 부교감 신경의 길항작용
교감 신경과 부교감 신경은 서로 반대되는 작용을 나타내면서 하나의 결과를 조절한다. 이렇듯 하나의 결과를 조절하기 위하여 서로 반대되는 시스템이 상호 보완적으로 작용할 때에 길항작용이라 한다.

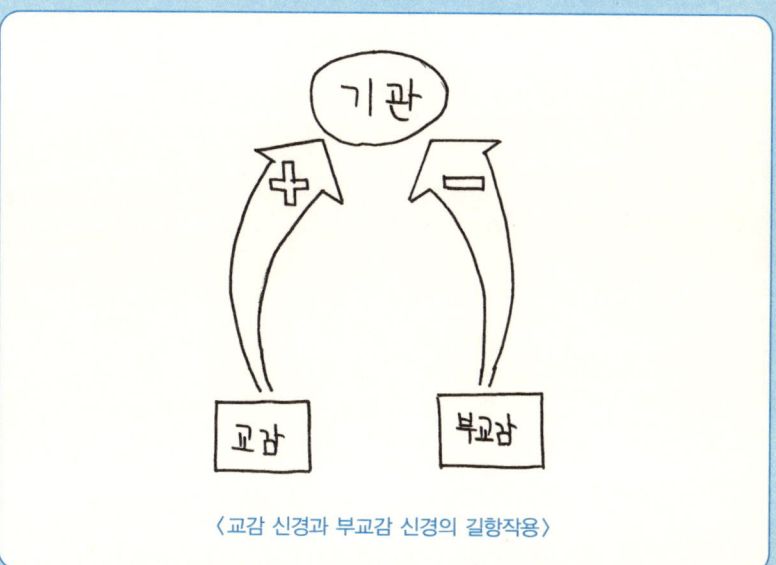

〈 교감 신경과 부교감 신경의 길항작용 〉

13

자극과 반응-호르몬

호르몬은 세포들끼리 주고 받는 편지!
이 편지가 제대로 전달되지 않으면
어떻게 될까?

김 재 용

Q 호르몬은 세포들끼리 주고 받는 편지! 이 편지가 제대로 전달되지 않으면 어떻게 될까?

나는 나를 앞으로 이끄는 세찬 물살을 느끼며 감았던 눈을 떴다.(눈은 없지만) 세상을 향한 문이 점점 열리면서 조금씩 흐릿한 모습들이 선명해졌다. 내 몸을 떠미는 투명한 물과 나와 같이 떠내려가는 수많은 적혈구들과 백혈구들! 나는 자신도 모르게 탄성을 내질렀다.

"휘바!"

그렇다. 나는 지금 좁디 좁은 혈관을 타고 질주하고 있는 중이다.(다리는 없지만) 주변에 구름 같은 혈구들과 혈소판, 각종 영양분들이 나는 어디에 있는가를 생각하게 해준다. 내가 지금 여기 있는 이유는 내가 방금 간뇌의 뇌하수체 전엽을 뛰쳐나온 갑상선 자극 호르몬이기 때문이다. 나는 지금 내가 태어난 목적을 위해 물에 운반되어지는 상태이고 내 앞날에 대한 기대감으로 두근거렸다.(심장 비슷한 것도 없지만) 빠져나오기는 했는데 물론 나 혼자 나온 것이 아니라 나와 같은 목표를 가진 경쟁자들과 함께 나왔다. 주위를 둘러보며 다른 형제들을 보니 다들 혈관 벽을 멍하니 보며 그저 물에 이끌려 정처 없이 떠돌고 있을 뿐이었다. 나도 별로 처지가 다르진 않다.

"……."

아니! 나는 분명 다른 게 있어. 다른 형제들에게 없는 뜨거운 열정이 있다고!(그런 거 없다.)

갑상선 자극 호르몬 하나가 들뜬 기분으로 막 분비되었다.(아니 단백질 분자이니 생각이나 감정은 없겠지만) 어쨌든 그에 반해 갑상선 자극 호르몬이 있는 이 몸 주인은 병이 있는 것 같다. 바이러스나 세균이 들어온 것도 아니고 어딘가 다치거나 상한 데도 없어 보인다. 그렇다면 어째서 이 사람은 아픈 걸까? 우리를 돕기 위해 있는 호르몬이 우리를 아프게 할 수도 있는 걸까? 이 호르몬을 따라가면서 알아보자.

호르몬 이야기

내가 혼자 놀며 막 갈림길로 들어섰을 때였다.

"잠깐, 자네 이리 와 보게."

"저요?"

갑상선 쪽 길로 가려던 나는 꾸물거리는 물체가 나를 부르자 그쪽으로 몸을 돌려 합류했다. 그 물체는 아까부터 내 시야에 있으면서 움직이지 않고 무언가를 기다리는 듯했다. 나는 그것에 가까이 갔고 그것도 나에게 가까이 다가왔다.

"그래, 자네 말이야, 이리 좀 와봐."

"……?"

가까이 와서 보니 그것은 백혈구였다. 방금 태어났고 끝까지 있어도 채 5분도 있지 않을 나보다는 당연히 나이가 많을 게 분명했다. 나를 부른 백혈구는 나를 바라보며 또박또박 말했다. 왠지 대학 잘 나왔을 것 같은 아저씨였다.

"좋아 갑상아, 통성명이나 하자꾸나. 나는 백혈구라고 한단다."

"네, 아저씨. 저는 갑상선자극호르몬(TSH) 입니다."

"그건 됐고, 갑상아 나랑 같이 어디 좀 가자."

초면에 바로 이름을 줄여 부르다니 이상한 아저씨다. 나는 이상하게 친근하게 굴려는 아저씨를 의심스러운 눈으로 쳐다보았지만 그리 나쁜 사람처럼 보이지는 않았다. 내가 노려보든 말든 아저씨는 무표정한 얼굴로 나를 훑어보는데, 왠지 나를 탐색하는 눈으로 나를 찬찬히 살피고 있었다. 나도 같은 눈으로 보자, 나를 유심히 바라보던 아저씨는 등을 돌려 나를 끌기 시작했다. 어? 근데 내 이름은 어떻게 아셨지?

"자, 이쪽이다, 이쪽. 이왕 나온 거 좀 놀다 들어가면 어떠니."

"네? 하지만 이쪽 길인데……."

"다른 친구들도 갈라져서 일부 이쪽으로 오잖아."

수상하기는 수상한 사람이다. 물에 떠가는 호르몬들과 무슨 할 일이 있다고 일부러 불러 세운단 말인가? 하지만 나는 의심보다는 호기심이 불쑥 들었다. 아저씨가 앞장서서 가자 나는 낯선 어른은 따라가선 안 된다는 말을 잊은 채 생각 없이 따라갔다. 다른 형제들의 일부는 여행을 끝낼 수 있는 갑상선 방향으로 가고 일부는 나와 아저씨와 같은 길로 오기 시작했다. 아저씨와 같이 흘러가면서 몇 가지 대화를 나누었다 내가 살던 곳이며 내가 해야 할 일을 말하자 아저씨는 눈을 빛내며 들으셨다.

"흠, 그러니까 여기까지 흘러와서 네가 목표하는 세포로 가려다 나를 따라와서 다른 길로 왔다는 거냐?"

"네, 하지만 이쪽으로 오는 것도 잘못된 것은 아니에요. 호르몬이 지속적으로 작용할 수 있는 것은 일부가 계속 몸을 돌면서 표적기관에 작용하니까요."

"흠, 집은 뇌하수체라고 했지?"

"네, 뒷집 말고 앞집이요. 근데 이런 건 왜 물어보세요?"

"별건 아냐 가면서 심심하잖아."

이야기가 길어지는 것 같다.

"아, 무슨 일 하고 계세요?"

"응? 아, 뭐……, 중요한 일은 아닌데……."

나는 갑자기 불안해지기 시작했다. 어렸던 나의 사고가 냉정해졌다. 나는 지금 잘 모르는 사람을 가는 곳도 모른 채 따라가고 있다. 아무리 어려도 이건 에누리 없이 바보다. 게다가 아까부터 계속 구석진 곳으로 가는 느낌이다.

"아저씨, 우리 어디로 가는 거예요?"

불안감을 참지 못하고 물어보자 아저씨가 어이없다는 투로 반문해 왔다.

"그걸 이제 물어 보는 거냐? 안전 불감증인 녀석이네. 직업상 그냥 두고 볼 수 없는데 이거."

"저기요?"

목소리가 심하게 떨린다. 아저씨는 주위를 둘러보더니 나를 똑바로 쳐다보았다.

"흠, 여기라면 도망칠 수 없겠지."

아저씨가 중얼거린 말을 듣고는 나는 완전히 겁에 질려서 떨면서 그러면서도 한 가닥 희망은 남겨둔 채로 백혈구 아저씨에게 물었다.

"아, 아저씨. 여기로는 왜 데리고 온 건가요?"

"왜긴 왜야? 그야 널 도망 못 치게 하기 위해서지."

아저씨가 그 말을 하자 나는 온몸에 힘이 빠지며 쓰러질 뻔했다.

"왜요? 제가 무슨 잘못을 했다고요?"

"잘못? 아직 한 적은 없지만 네가 이제부터 할 일이 잘못이지."

틀렸구나. 나는 이제 내일 9시 뉴스에 나오겠지. 무기력한 나에게 천천히 아저씨가 다가왔다.

"잠깐 이거 좀 봐라."

내게 다가온 아저씨가 보여준 것은 캠코더의 동영상이었다.

"이것은 갑상선을 취조한 내용이지. 전과 3범으로 아주 흉악한 놈이야. 아무래도 뭔가 있는 것 같은데 도저히 입을 열지 않아."

"예?"

"저번에도 그랬지만 짜증나는 녀석이지."

"저기 근데 무슨 이야기를 하시는 겁니까?"

"뭐냐니 범인 얘기지."

"그러니까 그 얘기를 왜 하냐고요."

"아, 너한테 막 말하려고 했는데."

"무슨 말을요."

"나, 형사야."

"아!"

"……."

"……."

"그걸 왜 이제 말해요!"

"너도 일단은 용의자니까. 임마!"

음? 이건 또 무슨 말인가?

"그러니까 이거 보라고."

"뭔데요?"

"일단 한번 보거라."

형사 아저씨는 영상을 재생시키기 시작했다.

어두운 취조실에는 희미한 전등 불빛만이 이 방을 비추고 있어 음침함 분위기를 풍기고 있었다. 누구라도 이러한 방에서는 위축되리라. 하지만 안타깝게도 취조 대상은 이 공기가 익숙한 듯했다.

"빨리 불으라고!"

"아, 글쎄. 나도 피해자라니까 이 양반이……."

형사로 보이는 적혈구가 한 사내를 몰아 붙이고 있었고 사내는 그런 위협을 능글맞게 넘기고 있었다. 형사가 책상을 쾅! 하고 쳤다.

"웃기지 마! 넌 저번에 티록신을 결핍시켜서 이 몸 주인이 크레틴병에 걸리게 한 혐의가 있다. 그것 때문에 몸 주인은 지능저하와 성장발달이 지연되는 큰일을 겪었다고! 그냥 넘어갈 일이 아니야!"

"아, 그건 솔직히 억울하다고! 내가 잘못이야? 몸 주인이 선천적인 티록신 결핍인 걸 어떡하라고!"

이제 난잡한 말싸움이다. 말릴 수 없을 듯하다.

"그러니까 그 이유가 네가 형성 장애를 일으켜서잖아!"

"하~. 미치겠네. 어쨌든 이번 일은 내가 잘못 한 거 없어요. 내가 피해 잔데 무슨 말도 안 되는……."

"누가 배후에 있는 건 아냐?"

형사가 묻자 사내는 펄쩍 뛰었다.

"없어요, 없어! 요즘 시대가 어느 땐데 배후야?"

나는 잠시 보고 있던 영상에서 얼굴을 떼고 형사 아저씨에게 궁금한 것을 물어 보았다.

"근데 티록신이 왜 저렇게 중요한가요?"

"아, 그건 티록신이 물질 대사를 촉진하는 호르몬이잖아? 티록신은 사람 몸 속 거의 모든 세포에 관여해 체중, 에너지 수치, 기억, 심장박동 등에 영향을 미치는데 부족하면 골격 성장이 지연되고 정신박약증상이 나타나게 되지."

"그런가요?"

그러면 저 사람은 공연히 저기 붙잡혀 있는 건 아닌 것 같다. 상대하면 위험할 수 있는 사람이다.

"저를 저기로 안 데려간 이유는 취조 대상이 갑상선이어서군요."

"그래 저쪽으로 가면 너랑 대화할 수 없으니까."

대화를 하다 보니 이제 내가 왜 필요한지를 아직 모른고 있다는 생각이 들어서 다시 아저씨에게 물었다.

"아, 저 아직 제가 왜 끌려왔는지 못 들었어요."

나는 곰곰이 생각하다 어쩌다 내가 이리로 왔는지를 생각해냈다. 나는 집 나온 지 얼마 안 되어 잘못한 게 있을 리 없고 내가 무슨 잘못을 저지른다는 건지 전혀 감도 못 잡았다. 아저씨는 당황해 하더니 멋쩍게 웃으시며 말했다.

"아, 그래. 이제 설명해 줘야지. 심문 도중에 저 갑상선이 자신이 부어오른 것은 너희들 탓이라고 하더구나."

음? 우리들 탓이라면 갑상선 자극 호르몬을 말하는 건가? 왜지?

"무슨 이야기인가요?"

"갑상선종을 말하는 거란다. 갑상선 그 녀석 통통 부어 있었거든, 그게 너희들 탓이라 하는구나."

"예? 아니, 저희들이 무슨 힘이 있다고요."

"다시 자세히 함 들어봐."

취조실에서 형사는 아직 씩씩대면서 얼굴을 붉게 하고 있었고, 갑상선은 태연한 얼굴로 앉아서 말을 걸었다.

"어, 안 나옵니까?"

"뭐가?"

"원래 이거 나쁜 형사랑 착한 형사 작전으로 슬슬 착한 놈 나와서 저한테 커피도 주고 위로도 해야 되는 거 아니냐고요."

"그런 거 없고 불기나 해."

"불게 있어야 하죠. 안 그래도 갑상선 자극 호르몬 꼬맹이들이 쪼아대서 기분 나빠 죽겠는데."

"헛소리 하지 말고."

"헛소리 아니거든요. 갑상선 자극 호르몬들이 티록신이 부족하니 저보고 자꾸 만들라고 짜증나게 하는데……. 아! 나도 만들어 주고 싶은데 재료가 없잖아요. 재료가."

"재료가 왜 없어 천지 널린 게 재료인데."

"진짜 없습니다. 하아~. 티록신을 만드는 데에는 요오드가 필요합니다. 그런데 이 몸의 주인이 해조류를 싫어해서 미역도 안 먹고 김조차도 안 먹으니 요오드를 섭취할 수 없잖아요? 아, 그러니까 제가 만들기 싫어서 안 만든 게 아니라 재료가 없어서 못 만든 것이었는데 그것도 모르고 뇌하수체 전엽에서는 자꾸 갑상선 자극 호르몬을 분비하여 티록신을 만들라고 우리 갑상선들을 계속 자극하는 거예요! 저희 입장에서는 갑상선 자극 호르몬이 와서 귀찮게 하니 잠도 못 자고 자극만 받아서 몸이 퉁퉁 부었죠. 밖에서 보면 목에 작은 호박 하나가 걸려 있는 것처럼 보인다구요. 저희도 보기에 얼마나 흉하다고요!"

"아, 그래서 아무도 널 그렇게 만든 놈이 없다는 거냐?"

"당연하죠. 지금까지 뭐 들으셨어요? 있다면 그 갑상선 자극 호르몬들이라고요."

영상에서 서서히 눈을 돌렸다.

"어? 너 얼굴빛이 왜 그러냐? 뭔 일 있냐?"

아마 백혈구 형사님이 보는 내 얼굴은 하얗게 질렸으리라. 나는 완전히 겁에 질려 다른 생각을 할 수 없었다.

"저 말……, 사실입니까?"

"응? 아마 그럴 거라고 생각하는데, 왜? 뭔가 알고 있는 거라도?"

"아니에요. 그냥요."

말도 안 된다. 나는 왜 태어났는가? 죄 없는 갑상선 씨를 괴롭히러 태어난 걸까? 내가 지금까지 그렇게 목표로 해 왔던 티록신 분비 촉진은?

"진짜 안색이 안 좋은데? 야!"

나는 비틀거리면서 물에 떠다녔다. 그런 나에게 형사 아저씨가 다가와 말을 걸었다.

"그럼 이제 물어보는데, 정말로 너와 관계가 없냐?"

갑자기 진지한 태도로 바꿔서 혈구 형사님이 물어 오셨다.

"뭘 더 물어볼 게 있다고요."

"아니 그래도 일단은 용의자이니까. 정말로 너와 관계가 없다는 건 알지만 직업상 물어봐야 해서."

아저씨는 미안한 듯이 웃으셨고 나는 우울한 얼굴로 입을 열었다.

"아침에 뇌하수체 전엽에서 나와서 몸도 한 바퀴 돌기 전에 아저씨에게 끌려와 이러고 있죠, 1분도 안 지나갔네요."

"그런가, 그럼 뭐 여기서 심문은 끝내기로 하고, 잠깐 같이 와줄 수 있냐?"

"왜요."

"음, 뭐 아직 난 더 돌아봐야 하는데 조수로 같이 좀 돌아줘라. 응?"

나는 아직 갑상선에 들어갈 생각이 없었기에, 아직 몸의 못 본 곳도 많고 하니 부정적인 생각은 떨어내고 다시 형사 아저씨를 따라가기로 했다.

"좋아요. 할 일도 없고……."

"고맙다. 이번엔 이쪽으로 오거라."

다시 아저씨는 앞장서서 나를 이끌고 다른 곳으로 가기 시작했다. 이번은 구석진 데가 아닌 제대로 흐르는 곳들이다.

"이번에는 무슨 일로 가는 건가요?"

"너 말고 다른 호르몬의 문제가 있어서 말이야. 이쪽이 조금 더 위험한데."

혈관을 따라 같이 흘러 내려갔다. 조금 아래로 내려가는 느낌이다. 이번에는 가면서 특별한 일이 없어서 지루했다. 모래시계에서 모래 떨어지기만을 기다리는 느낌으로 시간이 흘러갔다. 이렇게 누군가와 부딪히기 전에는.

"툭!"

"아악."

"으윽 뭐지."

"갑상아."

"네."

"잡아."

"네? 음, 옙!"

아저씨의 말을 듣고는 잠시 정신 못 차렸지만 곧 바로 알아들은 나는 즉시 체포에 돌입했다.

"아, 이게 뭐야! 당신들 뭐야! 뭐냐고!"

"형님 붙잡았습니다."

"갑자기 왜 형님이냐……?"

지금 상황 정리를 하자면 나와 부딪힌 물체를 내가 붙잡으려 하자 그 물체는 힘껏 발버둥치다가 결국 나에게 잡혔고, 나는 비열한 웃음을 흘리고 있었다. 옆에서 아저씨는 진지한 얼굴로 서 계셨다.

"형님, 이것도 아까처럼 처리하죠?"

"진짜 뭐하는 놈들이야 이거 안 놔? 경찰 부른다!!"

"하하하. 이 상태라면 못 도망치겠지. 형님 어떻게 할까요?"

"야, 그만해. 우리가 무슨 강도인 줄 알겠어."

"이번엔 그거 안 해요? 무슨 장기 매매단처럼 다가왔다가 형사인 거 밝히기 놀이."

"야, 무슨 장기 매매냐 그런 말은 꺼낸 적도 없는데."

형사님은 어이없다는 표정을 짓고 계셨고 내가 무슨 짓을 했는지 알자 나는 얼굴이 뜨끈해지는 걸 느꼈다.

"하? 이젠 경찰까지 범죄와 관련 있는 건가? 아아 이 세상은 썩었구나 하아 이런 날이 오다니."

내가 붙잡은 분은 아직까지 오해가 안 풀린 모양이다.

"저기요 이 아저씨 형사에요."

"알고 있어. 그러니까 문제지."

잘 전달이 안 되나 보다. 내가 잘못 한 거라서 정말로 미안하지만 여기 서 내가 잘 설명을 해드리면 화는 별로 안 내겠지.

"저 사실 그거 연기였어요."

"?……"

"사실 제가 장난 친 거거든요."

"퍽!"

무표정하게 있는 힘껏 때리셨다. 정말 cool한 성격이신 것 같다. 음 자 세히 보니 나랑 나이 차이도 별로 안 나는 얼굴이네.

"아, 이거 미안하게 됐다. 이 녀석이 워낙 어려서……."

"저도 비슷한 나이입니다. 그건 둘째 치고, 형사님은 저를 잡으라고 하 셨는데요."

맺고 끊는 게 확실한 성격이다. 저 사람 좋은 형사 아저씨가 땀을 흘리 고 계신다. 아, 맞다 그러고 보니 왜 잡았지? 별일 없으면 나만 쪽 팔리는 건데, 지나가는 스테로이드계 호르몬들이 우리 쪽을 쳐다보며 흘러가고 있다.

"미안하지만 자네도 동행해 주길 원해서 말이야 자네 파라토르몬 맞 나?"

형사 아저씨가 진지해지기로 마음먹었나 보다. 무겁게 목소리를 까는 스킬을 쓰자 상대도 진지해졌다.

"맞습니다. 왜 붙들었는지는 들어야겠지만. 제대로 설명 안 하면 한 대 더 맞을 줄 아세요."

왜 내가?

"제 이름을 아신다면 제가 서둘러야만 하는 이유도 잘 알고 계실 텐데요."

"잘 알고 있네. 그것 때문에 자네를 불렀으니까."

"취조입니까? 빨리 끝나야 할 텐데요."

내가 못 알아듣는 얘기가 둘 사이에서 진행되고 있었다. 무슨 소릴 하는 거지?

"일단 걷지 어차피 멈춰 서 있을 수도 없지만. 자, 가자 파라야."

"네. 전 파라토르몬(PTH) 입니다."

"……."

"아까부터 무슨 이야긴지 알 수가 없는데요."

내가 궁금증을 참지 못해 묻자, 아저씨가 답했다.

"이 녀석을 모르는 거냐? 같은 단백질계 호르몬들인데?"

"사는 장소가 다르잖아요. 뭐 하는 녀석인데요."

"나는 혈중 칼슘 농도를 담당하는 호르몬이다. 파골 세포를 활성화시켜서 뼈에 있는 칼슘을 가져와 피 속에 칼슘의 농도를 높이는 역할을 하고 있지."

붙잡혔을 때 소리친 거와는 달리 그후로 지금까지 계속 무뚝뚝한 목소리로 말을 하고 있다. 이런 성격은 분명 여러 사람 피곤하게 한다. 아니면 나만.

"라이벌으로 칼시토닌이라는 놈이 있다. 그 녀석은 나와 길항적으로 작용해서, 내가 애써 핏속에 칼슘을 넣어놓으면 그 녀석은 비웃듯이 그 칼슘을 다시 뼈 속으로 갖다 놓곤 하지. 뭐, 물론 혈중 칼슘 농도가 너무 높을 때만 일하는 녀석이지만."

길항작용. 서로 상반되는 두 가지 작용이 하나의 결과를 조절하는 것을 길항작용이라 한다. 그렇다면 분명 사이가 나빠야 하는데, 어째 그리 나쁘게 여기지 않는 것 같다. 라이벌이든 뭐든지 말하면서 정작 둘이 손발이 잘 맞아야 일이 제대로 굴러갈 테니 사이가 그렇게 나쁘진 않겠지.

"하지만 내가 하는 일이 더 많지, 칼시토닌은 고작 혈액에 있는 칼슘이 온을 뼈로 가져갈 뿐이지만, 나는 신장의 세뇨관에서 칼슘의 재흡수를 촉진시켜 칼슘이 오줌으로 빠져나가는 것을 막고 소장에서 칼슘흡수를 촉진시키는 비타민 D를 활성을 촉진시키지. 요즘 비타민 D가 강화된 우유를 선전하는 것도 같은 이유야. 그 우유가 약간은 칼슘 섭취가 더 쉬울 테니까."

생각보다 하는 일이 더 많은 놈이다. 혼자 설명하면서 혼자 고개를 끄덕이고 있다. 성격은 나쁘지만 자기가 하는 일에 자부심을 갖고 있다는 건 나와 죽이 잘 맞을지도 모르겠다.

"어, 근데 왜 일찍 들어가야 한다는 거야?"

나는 어떻게든 늦게 들어가야만 한다. 사실 내가 결정할 일은 아니고 혈액이 결정할 일이지만. 그런데 저 녀석은 서두르는 것처럼 보인다. 무슨 일이라도 있나?

"사실 저 녀석이랑 지금 같이 가는 곳이 골 조직이다. 저 녀석의 표적 기관이지."

옆에 백혈구 형사님이 와서 말을 해주었다.

"저 녀석은 그리 한가하지 않아. 우리가 붙잡은 게 미안한 거지. 윽, 하여튼 저 녀석이 일찍 돌아가야 하는 이유는 지금 핏속에 칼슘양이 너무 적다는 거지."

"내가 결핍되면 피에 들어 있는 칼슘의 양이 줄어들게 되고, 운동 신경과 근육 접합부의 흥분성이 높아지지."

"높아지면?"

"가벼운 자극에도 손, 발, 안면근육이 수축 경련을 일으키게 돼."

"뭐, 경련!? 뭐 해요 빨리 안 가고!"

"지금 가고 있잖아. 우리가 걷는 거였냐? 흘러가는 거지."

뭐야 큰일이었잖아. 내가 붙잡은 게 잘못이었나. 형사님과 파라토르몬은 이제 본격적인 일 얘기를 하기 시작했고 나는 흥미가 없어 앞을 바라봤다.

주변에 스테로이드계 호르몬이 표적기관에 다가가는 것이 보였다. 스테로이드계 호르몬은 나와는 달리 호르몬수용체 없이 표적세포로 스스로 들어간다. 스스로 들어간 스테로이드는 세포질 안의 수용체 단백에 먼저 결합한 뒤 핵으로 이동하여 DNA에 변화를 일으킨다. 이때 스테로이드가 완전한 효력을 내려면 수 시간이 걸린다. 우리 같은 단백질계 호르몬보다 시간이 훨씬 더 많이 걸린다.

지금 우리가 살고 있는 이 사람에게 병을 가져다 줄 나 자신보다는 스테로이드계 호르몬이 오히려 부러운 듯이 한참을 쳐다보다가 다시 나의 본분을 생각해 본다.

"가만히 있어 봐야 좋을 것도 없고 일단 파라토르몬을 데려가야 하니까 이제 생각은 좀 그만하고 움직이자! 오래 고민해도 나올 것도 없으니."

"응? 너 자다가 뭔 소리 하냐."

"안 잤어요!"

"침이나 닦고 그런 말해라."

"우린 침 없거든요!"

"시끄러."

이러쿵저러쿵 하다 보니 어느새 골 조직에 거의 다 온 것 같다. 우리들
은 파라토르몬의 표적기관 앞에 서서 이제 떠날 준비를 했다.

"잘 가라."

"신세 좀 졌다."

"얘기해 줘서 고맙네."

파라토르몬이 표적세포로 들어가는 것을 보고 등을 돌려 아저씨와 걸
어갔다.

"얻은 건 좀 있었나요?"

"음……."

"…….."

"없었어! 애초에 기대하진 않았지만. 어차피 호르몬에게 얻을 수 있는
정보가 쓸 만한 게 있을 리가 없지."

"그럼?"

"직접 부딪히는 수밖에, 그래서 널 데리고 왔잖아."

"저입니까."

"그래 너는 갑상선에게 직접 접촉하는 게 가능하니까."

잠시 할 말을 잃어버렸다. 주변에 다른 호르몬들이 쳐다보는 것 같다.
이 아저씨 제 정신으로 하는 소리인가?

"그래 네가 직접 갑상선에게 가서 말을 걸어주길 바란다."

"하지만……."

"알고 있어. 하지만 늦게 가더라도 아주 조금 늦을 수 있을 뿐이고 어차
피 가야만 해. 그럴 바에야 차라리 목적을 갖고 뭔가 알아내는 게 좋아."

"좋습니다. 갈게요."

"고맙다. 그럼 가자."

그리고 우리는 대화 없이 계속 흘러갔다. 몸을 한 바퀴 돌아, 이번엔 내

가 갈 길로 몸을 틀어서 내 표적기관으로 가는 길로 갔다. 마침내 갑상선 씨가 사는 갑상선이 보이자, 백혈구 형사님이 인사를 했다.

"잘 가게. 이게 마지막 인사가 되겠군."

"네, 최대한 노력해 볼게요."

저 멀리로 형사님이 멀어져 가는 게 보인다. 나는 그에게 손을 흔들고는 갑상선 앞에 섰다. 꽤 크다 아니, 나에게는 매우 크다.

"갑상선 씨!"

"엉? 너무 크게 소리치지 마. 머리 아프다고."

"몇 가지 묻고 싶은 게 있습니다."

"뭐 그럼 빨리 묻고 들어와."

"거인증, 말단비대증과 크레틴병에 당신은 관련이 있습니까?"

"뭐야 당연히 관계가 있지. 내가 용의자로 몰렸는데,"

"그렇다면 그 배후가 누군지 아십니까?"

"배후? 하하 멍청한 소리네. 따라와 봐."

나는 갑상선 씨와 함께 우리 몸의 위로 올라갔다.

"음? 여기는."

"그래, 네가 잘 아는 장소지."

"뇌하수체 전엽이잖아! 여기는 대체 왜?"

여기서 대체 무엇을 한다는 거지? 여기는 내가 만들어져 나온 집이다.

"두고 보면 알아."

그때, 무거운 저음의 소리가 들려 왔다.

"음~, 무슨 일이지?"

이건 갑상선씨의 목소리가 아니다. 내 목소리는 더더욱 아니지. 그렇다면…… 뇌하수체?

이러고 있을 게 아니다. 저 남자가 나를 이리로 데려왔다는 것은 분명 이유가 있다. 그렇다는 것은 분명 뇌하수체가 관련이 있다는 거겠지.

"물어보고 싶은 게 있습니다."

"들어보지."

엄숙한 목소리다. 역시 여러 호르몬들을 관리하고 있는 자.

"지금 갑상선이 부어오른 것은 당신 때문입니까?"

"응? 아, 뭐 내 탓이라 할 수도 있겠지."

역시……, 이건가?

"거인증이나 크레틴 병도 당신 때문입니까?"

아까와는 달리 아무 대답도 없다. 뭔가를 골똘히 생각하는 듯한, 잠시 가만히 있던 뇌하수체는 갑자기 조용히 웃었다.

"이제야 네가 묻는 이유를 알겠구나. 꼬마야."

"네?"

"전부다 내가 한 일이지만 내가 하지 않았다."

이게 무슨 선문답인가? 조용히 쳐다보자 웃음을 지우고 나에게 말을 해주었다.

"우리가 나쁜 의도를 가지고 하는 일은 아무것도 없다. 아니 애초에 우리는 생각도 할 수 없지 않은가. 우리는 단지 이 몸이 최고의 상태를 유지하도록 하기 위해 일할 뿐이다. 그것이 어쩔 수 없을 때도 있는 거지.

갑상선의 경우만 봐도 내가 널 보낸 건 이 몸에 티록신이 필요했기 때문이지 갑상선을 괴롭히려 한 건 아니지 않은가? 자네가 갑상선으로 가는 것도 당연히 필요했기 때문이지. 자네가 죄책감을 느낄 필요가 없네. 이 모든 문제는 이 몸의 주인이 미역국과 같은 해산물을 많이 먹어서 요오드만 잘 섭취하면 해결될 거야."

음……, 뭔가 일이 모두 잘 해결된 느낌이 들었다. 나는 아무 말 없이 그곳을 나와 온몸을 돌기 시작했다. 나는 내가 본 풍경을 눈에 각인시켰다. 백혈구 형사님과 똑같은 백혈구들, 적혈구들, 골 조직, 호르몬들, 기타 등등. 이제 혈액 속에서의 여행은 관두고 다른 모험을 할까 한다. 원래 목표였던 갑상선의 표적세포가 보인다. 혈구 아저씨가 부탁한 일의 진상은 이 정도면 도움이 되겠지. 그것은 다른 백혈구에게 알려 주었다. 아~ 이젠 피곤하다. 아무것도 하기 싫어진다. 하지만 아까보다 기분은 훨씬 낫다.

"안녕."

나는 표적세포 세포막의 수용체와 결합하고, 신호를 보낸다. 이 신호가 세포 안에서 새로운 물질이 합성되도록 하고 이 물질이 2차 전달자이다. 물론 나는 1차 전달자. 그리고 세포내에서 여러 가지 반응이 연속적으로 일어나 티록신분비를 촉진…….

아암 졸리다. 그럼 이만.

1 피드백

피드백이란 어떤 원인에 의해 나타난 결과가 다시 그 원인에 영향을 미치는 것을 말한다. 이 피드백 과정으로 인체는 항상 일정한 상태(항상성)를 유지한다. 피드백의 종류에는 양성피드백과 음성피드백이 있다.

음성피드백은 결과를 조절하기 위하여 결과가 원인에 음성적인 영향을 미치는 경우이다. 에어컨을 예로 들면, 우리가 설정한 온도보다 실내온도가 높으면 작동하여 실내온도를 낮추고 그보다 낮아지면 자동으로 꺼진다. 이렇듯 높으면 낮추고 낮으면 높이고, 많으면 줄이고 적으면 늘려서 결과를 항상 일정하게 유지하는 작용들을 음성피드백이라 한다.

간뇌 시상하부에서 갑상선자극호르몬 방출호르몬(TRH)을 분비해 뇌하수체에서 갑상선자극호르몬(TSH)이 분비되면 갑상선에서 티록신이 분비된다. 그런데 그 양이 일정량 이상이 되면 티록신이 시상하부와 뇌하수체에 음성피드백으로 작용하여 TRH와 TSH의 분비를 억제시켜 다시 티록신의 농도가 일정하게 유지되도록 한다.

양성피드백은 결과가 원인을 더욱 촉진하여 결과를 증대시키는 작용을 가져온다. 임산부가 분만할 시기가 되면 뇌하수체 후엽에서 옥시토신이 분비되어 자궁을 수축시켜 진통을 일으킨다. 이 진통은 옥시토신의 분비를 촉진시키는 양성피드백 작용을 하므로 자궁을 더 강하게 수축시켜 아기가 나올 수 있게 한다.

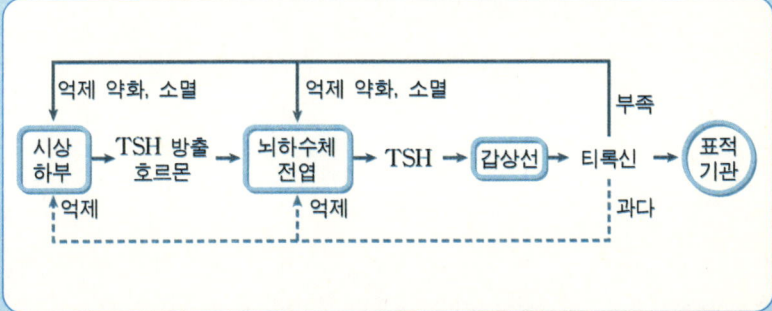

2 길항 작용

어떤 현상에 대해서로 상반되는 2가지 요인이 동시에 작용할 때, 서로 그 효과를 상쇄시키는 작용을 길항 작용이라 한다. 예를 들어 칼시토닌은 뼈로부터 칼슘이온이 방출되는 걸 억제하여 혈액에 칼슘이온의 양을 줄어들도록 하며, 파라토르몬은 뼈로부터 칼슘이온이 방출되는 것을 촉진하여 혈액에 칼슘이온의 양이 증가하도록 한다. 따라서 혈액 속에 칼슘이온의 농도가 높을 때에는 칼시토닌의 분비가 촉진되고 파라토르몬의 분비는 억제되어 혈중 칼슘이온 농도를 낮춘다. 반대로 혈중 칼슘이온 농도가 낮을 때는 칼시토닌의 분비는 억제되고 파라토르몬의 분비는 촉진된다.